若井勲夫 著

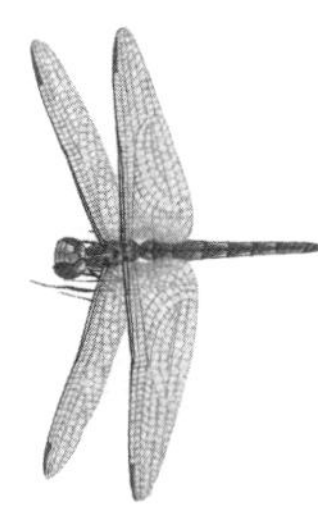

童謡・わ[illegible]たの言葉とこころ

勉誠出版

はじめに

　歌には歌詞があり、歌詞は言葉である。ということは、歌は言葉である。従来、この自明のことが気付かれずに、歌詞の意味や内容を理解しようとせず、何となく、また、我流で分かった気分になり、歌われることが多かった。このことは学校教育だけでなく、一般においても変わりはない。

　このような歌に対する姿勢や態度を改め、歌詞、つまり歌の中の言葉について関心を持って、まず読み、次にその意味を考えることが大切である。それには歌は詩と同じく韻文たる文学作品であることを認識して、詩として、とりわけ文語の詩については文章を読解するつもりで解釈しなければならない。そのようにして、歌に表現されている一語、一句、一文の意味や効果、作者がその言葉に込めた意図や思いを究め、その歌を作品として味わうことができる。こうしてこそ、より情感を込めて歌えるのである。それは言葉に対する興味を高め、言語感覚や言語意識を深めることに結び付く。ひいては、日本人としての心情や情緒を養うことになる。

　本書はこのような趣旨で、広く知られている童謡・わらべうたについて、詳細、精密に、表現と言語面から分析し、世間で話題にされる誤解や俗解を正し、その作品の歌意、主題と価値を解明したものである。

今までこれらの歌は歌曲として説かれるか、また、歌の来歴や成立が歴史的に、あるいは作者や歌の背景を随筆的に述べられることが多かった。本書は歌詞の表現を言語と文学とを密接に関連づけて、言語的文学的に研究した書である。

例えば、江戸時代に由来する「かごめかごめ」を初めとするわらべうた、明治十五年四月に『小学唱歌集初編』が刊行され、学校教育に取り入れられた唱歌、大正時代に民間で起こった童謡など、長年、歌い継がれ親しまれてきた近代の歌謡は今になってもその歌詞の意味、内容が十分に明らかになっているとは言えない。小説や詩歌の作品には精緻な注解や鑑賞がなされているのに、これらの歌謡の言葉については一部の人々の関心を集めているに過ぎなかった。

もとより子供はこれらの歌詞の意味を十分に理解して歌っているわけではなく、今たとえ知らなくても、いずれは大人になって初めて納得できるという理解の仕方もあるだろう。遊戯を伴うわらべうたは意味を明確に解釈できなくても、それを考えに入れずにリズムや身体の動作におもしろみを覚え、何となく潜在的に分かることもあるだろう。しかし、長い間に伝えられてきた歌謡が知らず知らずのうちに日本人の国民感情、共通感情を形成し、精神の核をなし、いわば心のふるさととして今なお生きていることを思うと、歌詞の意味や由来、歌全体の思想や心情を知ることに深い意義がある。このことは、日本人の生活や文化だけでなく、国語の感覚や特色を明らかにすることにもつながっていく。

本書では広く親しまれ誰もが知っていながら、歌詞の意味、内容がよく分からない童謡や、わらべうたの句を取り入れた唱歌、また、わらべうたを取り上げる。そして、国文学、国語学（特に、文法、語構成）の研究手法で分析、注釈し、語義を明らかにした上で、さらに民俗学的にその作品の背景を探り、全体の発想、構想から主題を究めていこうとする。なお、文語体の唱歌は古語の意味や文法的な構造を理解すれば、大抵の解釈はできるので、ここではそれ以上に、言語主体（書き手）の意識、意図にまで溯って、その表現しようとした意味付けや価値、さらに態度を明らかにする試みである。

目次

5　ちいさい秋みつけた

6　かごめかごめ

1 赤蜻蛉

三木露風 作詞
山田耕筰 作曲

夕焼、小焼の
あかとんぼ
負はれてみたのは
いつの日か

山の畑の
桑の実を
小籠(こかご)に摘んだは

まぼろしか
十五で姐（ねえ）やは
嫁に行（ゆ）き
お里のたよりも
絶えはてた

夕やけ小やけの
赤とんぼ
とまってゐるよ
竿（さお）の先

作者と作品

作者、三木露風（明治二十二年—昭和三十九年）は、兵庫県揖保（いぼ）郡龍野町（現、たつの

赤とんぼ

ゆるく・おだやかに
【M.M. ♩=60】

三木露風 作詩
山田耕筰 作曲

市）に生まれた。祖父は寺社奉行職を経て、初代龍野町長、九十四銀行の頭取を務めた。父も同じ銀行に勤めていたが、家庭を顧みず放蕩し、母の将来を考えた祖父は離婚を勧めた。そのため、母は露風が数え七歳（満五歳）の時に、鳥取の実家に次男を連れて帰ってしまった。母は露風が五歳のころ家庭読本を読んで聞かせ、やさしかったが、幼稚園に入る時は子供一人で入園届を出しに行かせるという教育方針であった（『我が歩める道』）。その後、祖父に育てられ、子守奉公に来た少女に特にかわいがられた。露風は大正九年五月、三十一歳の時に、北海道の函館にあるトラピスト修道院の講師として夫人を伴って赴任し、文学概論、美学概論を担当した。その翌十年八月、「赤蜻蛉（あかとんぼ）」の詩を『樫の実』に発表、同年十二月に『真珠島』で一部修正した。その大きな違いは、初出では第一連の「あかとんぼ」が「山の空」、第一連の「いつの日か」と第二連の「まぼろしか」が逆になっていることである。この改作の意図についていろいろ言われるが、大事なことは「山の空」から「あかとんぼ」に改めたことにより、題名と関わって、故郷の懐かしい風景を、夕焼の中の赤とんぼという一点に集約したことである。これは作者自身、修道院でのある日の夕方、赤とんぼが竿の先に止まっているのを見て、故郷の風景が蘇ったことを後に述べている（『森林商報』昭34・7）ことからも理解できる。また、第一連と第二連はまず

「いつの日か」と過去に遡って時間の流れを追い、次に「まぼろしか」と幻影を求めていく方が心の内面に入り込む順序に適していよう。しかし、例えば、初出形で「山の空」の向こうに遠く去った母の「まぼろし」を「見た」と解する（和田典子『三木露風　赤とんぼの情景』平11）説は作者の動機、発想から著しく逸脱して、いきなり主題に迫ろうとする深読みといえよう。露風は翌十一年の復活祭に、夫人とともに洗礼を受けた。心に期するものがあったのであろう。なお、この詩は昭和二年一月、山田耕筰（明治十九年―昭和四十年）の作曲によって、童謡として揺ぎない地位を得た。

第一連・「夕焼け小焼け」と「いつの日か」

夕焼、小焼の
あかとんぼ

「夕焼小焼」は古くからあるわらべ歌「夕焼小焼　あした天気になあれ」から来た言葉であるが、「小焼」とは何であろうか。「小焼」単独では使われないし、「大焼」という言葉もない。「夕焼小焼」でまとまった一語である。一般に、わらべうたや童謡には同じ語の繰り返しや対語が多い。それによって、子供の心にその言葉を染み込ませ、印象づけることができる。「小焼」は「夕焼」の言葉を一部違えた、いわば「(大きい)夕焼」に対する一種の対句的用法で、語調を整えながら、対照的に赤い夕焼がより鮮やかに浮かび出て、その内実が深められるのである。しかも、「ユー｜ヤケ＝コヤ｜ケ○」(○印は休符)という二拍を重ねて四拍子にする、国語らしい韻律感で安定する。大正十二年の中村雨紅の童謡「夕焼小焼」で、この語はさらに広まり、定着した。

これに類した言葉は「大寒小寒」で、天明年間(一七八一―一七八八)、行智が子供のころ江戸で歌い遊んだわらべうたを文政三年(一八二〇)に編んだ『童謡集』に出てくる。「大」はもと感動詞「おお」で、形容詞語幹「さむ」がつき、詠嘆的に発せられたものが体言(名詞)として固定し、それに対応して「小寒」が添えられた。ただ、これは「小寒い」という形容詞があり、また、「大雨」と「小雨」の関係から、逆に「大寒」が大変寒いという意味に類推されたことであろう。近世のわらべうたにはほかに「大鳥小鳥」「大やぶ小やぶ」もあり、「小焼」の成立に、この種の語形成の意識が作用したであろう。このほかに、「大川小川」(京丹後市網野町)、「大雪小雪」(北原白秋「雪のふる晩」)もある。また、「仲よし小よし」(同「子供の村」)の「小よし」も調子よく整え、「朝焼小焼」(金子みすゞ「大漁」）は「夕焼小焼」を意識した造語である。

負はれて見たのはいつの日か

「負はれて」の意味が以前から誤解されてきた。子供が耳で聞いていると「追はれて」と思いがちで、赤とんぼの大群や犬に追ひ駆けられたり、子供どうし追い駆けっこで遊んでいると解釈されることがあった。これは、背負われて、おんぶされて、という意味である。古く浄瑠璃に「負うた子に教へられる」「負うた子より抱いた子」などとあり、現在も諺として使われている。音数の関係もあって「背」を省いたのであろう。

ここで問題は誰に「負はれて」かということである。普通に考えれば、第三連に出てくる「姐や」であろう。これはまた作者が四十年経って「家で頼んでゐた子守娘がゐた。その娘が、私を負うてゐた。…赤とんぼが飛んでゐた。それを負はれてゐる私は見た」（『森林商報』前掲）と回想していることから一応、言えるであろう。しかし、事はそれほど簡単ではない。これについては、次の第二連で説明する。

第二連・「桑の実」と「まぼろしか」

山の畑の
桑の実を
小籠に摘んだは
まぼろしか

「桑の実」は六月ごろに熟し、形は木苺の実に似ていて、色は赤紫色で軟く甘味があり、食用となる。一名、桑苺といい、俳句では夏の季語である。龍野はかつて脇坂藩の城下町であった。露風の生家近辺は武家屋敷町であったが、桑畑が広がっていた。これについて、地元の霞城館長の苗村樹は「維新後、桑を栽培し、苦しい生活の中で養蚕農家に桑を売り、現金収入にした」と述べる（毎日新聞、平3・8・25）。露風の実体験を踏まえた表現であることが分かる。「小籠」は一般的に「こかご」と読んでいるが、「おかご」とするものもある（『太陽』日本童謡集、昭49・1）。後者では「御」の意味にもなり、やはり前者のように読むのが正しい。

ここで問題は第一連と同じく誰と「摘んだ」かということである。苗村樹は「やはり姐

や で…幼児のお守りは龍野市周辺では姐やがいたら姐やの仕事で…たくさんの老人のいる家を伺ってまわり、この答えを得」たという（平12・12・3、筆者宛の私信）。このように、第一・二連を通してまだ表現されていない姐やに「負はれて」、姐やと「摘んだ」のであり、次の第三連の姐やの登場にうまく繋がってはいく。しかし、別の視点の読み方をする説もあり、以下、その説明をしていこう。

露風の同郷の友人に有本芳水がいた。長く『日本少年』を主宰した詩人・歌人である。「初期の三木露風の作品」によれば、明治四十年代のはじめごろ、早稲田大学の学生であった露風は夏休みで帰郷する芳水に対して、「君は…郷里にはお袋さんがいるからいいねえ、君にひきかえ僕にはお母さんがいないんだ。…母は僕を可愛がって呉れた。僕は母を忘れることが出来ない。いつかは母の愛を詩にしたいと思っている」と語った。それから四、五年後に「こんな詩を作った」と芳水に見せたのが、この「赤蜻蛉」である。続いて芳水は次のように解釈する。関係するところだけを摘記する。「私は母の背に負われて赤とんぼを見た。…母とともに赤い桑の実を摘みに行った…久しぶりに龍野に帰って見ると…母も姐やもいず」と、「母の愛」を中心にした読み方をしている。

また、和田典子はこの作品の主題は「母への思ひ」であって、表面には出ないが一貫して基底にあると、成立過程から論証した（前掲書）。露風は「桑の実の黒きをかぞへ日数経る」と、母と別れた七歳のころに詠んでいた。これは、「われ七つ因幡に去ぬ（ママ）のおん母を又かへりくる人と思ひし」（『文庫』三十ノ二、明38）と照応する。母が鳥取に帰って行った山道で、ひとり遊ぶことが多くなった。きっとこの峠から帰って来ると母を待ち続けたのである、と指摘する。さらに、「赤蜻蛉」を作った大正十年に「初夏」と題する追憶詩を『真珠島』に発表した。「わがふるさとを思ひ出す、／白い日かげを見てをれば。／一い、二う、三いと梅の実を、／かぞへて待ったは、何時のこと。」。作者は「故郷に関するおもひでとして、それらは、私の胸にある」と自解する（前掲書に掲載の原稿写真あり）。「赤蜻蛉」はこの詩と表裏一体として解すべきである。また、露風自身「詩歌を作り始めた頃」（『日本童謡』二、昭2）で、高等科一、二年（今の小学五、六年）のころ、「赤とんぼとまってゐるよ竿の先」という句を作り、「秋の風光を詠んだもので…童心句の先駆を為した」と述べる。これが既に指摘されているように（家森長次郎『若き日の三木露風』）、第四連に生かされ、「桑の実」「梅の実」「赤とんぼ」、などの具体的な事物が幼いころの故郷の風物として捉えられている。さらに、右と同じころ、『神戸又新日報』に一等入選した短歌がある（「初期詩文集」）。それは「夕空に希望の星を仰ぐとや星は愁ひにまたたくものを」で、世間の人々にとっては「希望の星」であるが、母と別れた子供の自分にとっては「愁ひ」そのものなのである。この憂愁の中に母への思いを読み取ることはごく自然であろう。

このように述べていくと、詩の解釈より、詩作の背景を説明し過ぎたかもしれない。第一、二連を通して、誰に「負はれて」か、誰と「摘んだ」かは一切、言葉に表現されていない。読者としては、幼いころの思い出の情景として読み、相手は誰なのか、あるいは孤独であるのかと、想像を膨らませて、次の連へと進むしかない。

第三連・「お里のたより」とは何か

十五で姐やは
嫁に行き
お里のたよりも
絶えはてた

この童謡が今なお親しまれ、歌い続けられているのに「ねえや」が誤解されることがある。耳で聞いていると姉さんと考えられがちだが、とすると、次の「お里のたよりも／絶えはてた」と合わなくなる。方言で「にいや」といえば、兄のことだが、下男、作男という意味で使う地域もあり、間違いやすい。この「ねえや」は子守奉公の若い娘、下女を意味する。「や」は「坊や」「爺や」「婆や」のように、人を表す名詞や人名につけて、親しみを表す接尾語である。前述したように、母と生別した作者を養育するために「宍粟（しそう）から…よんだ」（有本芳水）女性である。これ以上に詳しいことは分からず、「揖保川上流、宍粟郡山崎町（現、宍粟市）か更にその北部か」で、名前も残っていない（苗村樹）。

　さて、第一、二連は「いつの日か」「まぼろしか」という、遠くはかない、夢のような情景であったが、ここで初めて人物が登場して、過去の日々が出来事として描かれる。四連構成であるので、起承に続いて、第三連が転の部分であると理解される。一、二連で伏流水のように底に流れていたものが、三連に至り、表面に事実として浮上してきたような印象を覚える。ここで、問題は「お里のたより」をどう考えるかということである。「お里」が「姐や」の人名ではもとより意味を成さず、やはり実家であろう。とすると、誰の実家かということである。

　これについては、諸書で簡単に「里からの便り」とするか、里に帰った「姐やからの便り」とするのがほとんどで、前者でも姐やからの「たより」を前提として、その「里」のことであろう。しかし、嫁に行った後に、その実家からの便りとことさら表すのにどれだけの価値があろうか。三木家と姐やの実家とが交流していたとも考えられない。「露風は送られてくる葉書、手紙の類は残している…が、姐やからのものは残ってい」ないとされている（苗村樹）。この「お里のたより」は易しいようで、実は難解で、従来、素通りされてきた表現である。

これについて、和田典子が新説を発表した（前掲書）。今まで姐やを通じて母の便り、消息を聞いていた、つまり姐やは母との連絡役であった。ところが、嫁に行ってからはもはや母からの動静を聞くすべもなくなった。「お里のたより」とは、母の、実家からの便りであり、母の様子や生活など近況を伝えてくれていたが、それも絶えて、母が何をしているかも分からなくなったというのである。なお、和田は「たより」が平仮名であるのは、母の里からの便りと母代りに頼っていた姐やへの頼りの、両方の意味を兼ねた掛詞と説明するが、そこまで考えなくてよい。「お里のたより」を以上のように姐やと母親の二人の人物の関わりで解すると、全体の理解が自然にできる。ただ、難点は、母親の里と表されていないことだが、これは音数の制約もあり、前述の通り姐やの里と仮に解してもそれ以上の無理がある。また、作者自身の幼いころの事実を知らなければ、そうは解釈できない。しかし、そういうことを全く考慮せず、第三連に初めて出てくる姐やだけで解釈した場合、姐やの里とする解がたとえ可能であっても内容は平板になってしまう。露風と姐やとの交流がどれだけのものであったか明らかでなく、人生における出会いとして深い意味はなかったのではないか。詩に表すほど深い影響を与えたかどうかも問題である。また、成立事情を全く考慮に入れない作品の解釈や客観的な評価はあり得るだろうか。

ここで係助詞「は」の文法的機能から、私の解釈を提示しよう。「十五で姐やは」が「十五で姐やが」と表されていた場合、表現的な意味がどう異なるかということである。「は」は直前に述べていたことを再叙する時に使うことがあり、重点は述部にある。第一、二連に人物は出て来ないが、第三連に「は」で表したことは、前の連で姐やということを十分に意識した上で、それを既知のこととして、その姐やはと「は」で表したのであろう。もし、「が」であれば、これでも意味は通じるが、第一、二連と無関係で、読者にとって未知なる者が突然出てきたことになる。次に、「お里のたよりもたえはてた」の「も」に注意すると、前件の「は」と対比、対照させて、類同のものとして「も」と表したと考えられる。姐やが嫁に行き、その消息が絶えたのと同じく、里からの連絡も絶えたというのである。「が」の場合は対比、類同の視点はなく、姐やと里の便りそれぞれに重点がある。従って、姐やが嫁入りし、その結果、姐やの実家の便りも絶えたと続く文脈になろう。一方、「は」は文末にまで陳述が及んで言い納める。姐やは、嫁入りし、その結果、姐やの関わっていた里の便りまでも、絶えたという含みを持つ。「が―も」は単純に続く重文であるが、「は―も」は文末にまで総主語の気息が及ぶ複文である。このように文法的に考察すると、「お里のたより」は姐やのではなく、母の実家の消息、連絡であり、姐やが嫁入りしてから母の動静が伝わらなくなった嘆きを歌ったと考えてよいであろう。

さて、この詩の背景を理解する参考として、露風と母のその後の関係について述べる。母かた子は実家に戻った後、上京して、帝国大学附属看護法講習科に入って勉学、そのころ弓町本郷教会で洗礼を受けた。七年間、同病院で看護婦を勤めて、碧川(みどりかわ)企久男と再婚し、婦人参政権運動と禁酒運動に尽力した。露風は作品のよき読者であった母と二十代のころから交流し、大正十二年、関東大震災後に神経衰弱になった露風を母は北海道まで見舞ったほどである。このように親子の深い情に結ばれ、碧川家の人々とも親しく交わった。昭和三十七年、九十一歳で母が亡くなった時は、許しを得て、通夜で亡母と並んで添い寝し、「吾れや七つ母と添寝の夢や夢十とせは情け知らずに過ぎぬ」（『夏姫』）と詠んで以来、五十七年目にして宿願を果した（『全集三』の年譜。安部宙之介『三木露風研究』の「露風の『赤とんぼの母』」）。このように母子の生涯をたどると、詩の中に母という語を何も表さなかった作者の心中の深い思いが逆に浮き彫りにされるのである。

露風の母への情は十代の後半に作った歌にしめやかに、静かに歌われている。

浪速よき花の入江に舟寄せて十二の夏は母恋ひたりき　（『夏姫』明38）

母恋うて夕べ戸に靠（よ）る若き子が愁ひの眉よ秋をえ堪へぬ　（同）

恋ならず十九の春を帰へり来て母のみ膝に抱きて泣きぬ　（『低唱』明38）

白き精の霊と凝りてはおん膝に涙のみ歌泣きて問はまし　（『閑谷』明38）

…凪の夕（ゆふべ）は「愛の母」／汝（な）がふところに我は寝む／母なる海の翼にも／擁（だ）かるるものかわが恋は　（「海はわが恋」『芸苑』明40）

第三首以下は母に抱かれる幻想、憧憬を詠んだもので、特に「恋ならず」というところに苦渋がにじみ出ている。

（我が母を思ひて出（いで）た歌即ち東京に居るお母様を思出したる歌なり）

戸に立ちて母を恋ひふる百五十里水のあなたを慕はしと見め

（東京に居ます母を呼んでも何の返事もなし哀れ母はいかにしてけむ）

声あげて呼べば木だまと返り来ぬあゝ天地(あめつち)に我領(わがりよう)なきや　（『低唱』明38）

母が家は春雪とけて草の芽の多きころなり如月(きさらぎ)の雲

国遠く離(さか)りは居ぬるさびしさを告げぬ日数は怨まれてある　（『婦人世界』明40）

遠くに去った母をひたすら慕はしいと恋ひ焦がれる情が素朴、素直に表れている。

母は我病むこと知らず祈りてはいと静かなる夜ともおぼさめ

（『初期詩文集』萩若葉一）

おん母は伏し給へりと君いふに二尺聞えぬ戸の大嵐　（『国詩』明39）

遠く離れていてはそれぞれが病気になっても互いに知る由もない。これらの歌は母恋いの情を、届くことのない夢の世界のように捉えている。

露風の少年時代はかくも孤独で、寂しく、暗く、重かった。その時に過ごした故郷も同じように悲しみ嘆く対象にほかならなかった。

故郷はかく迄吾れをなやますか悲しと誰か吾れを慰むる　（『低唱』明38）

母こひし竹の花咲く山の日はうづら追ひたるふるさとの家　（『新声』明39）

夜ぞ恋ひし涙の中にふるさとの桑つむ家の眼にうかび来て　（同）

このような自分を慰めてくれる存在は母以外にはあり得ない。母を求める心は幼年時代のままである。トラピスト修道院に赴任した大正九年五月に作った「青鷺」という詩がある。

母に去なれて、／しょんぼりと、／池の汀に、／たちつくす。／
明日も明後日も、／かへらうか。／三年待ったが、／ただひとり。

「青鷺」に托して、自分のことを表している。「去なれて」「三年待った」は十代で詠んだ作品に既にあった。この翌年八月に「赤蜻蛉」の原詩を発表し、十二月に二つの作品とともに『真珠島』に収録した。従って、「赤蜻蛉」を理解するには、前年の「青鷺」、「初夏」（前述）とともに解釈すべきであり、遠く北海道に渡ったことも考え合わせねばならない。なお、これ以降、露風の心にけじめができて吹っ切れたのか、母を恋うる詩歌は作っていない。

付言すれば、母かた子は生前、「赤とんぼのママさん」と呼ばれることを喜び、墓碑には露風が直筆で「赤とんぼの母此處に眠る」と刻んだ（和田典子、前掲書）。この「赤とんぼ」は必ずしも作品そのものを意味しないが、作品名と赤とんぼそのものを母と結び付ける受け止め方は当時ごく自然なことであったであろう。

このように、露風の心には母恋しさが生涯にわたって根底にあった。それに比べると、姐やの存在は詩歌に歌って、自覚的、積極的に主題に据えるほど強く意義あるものではない。姐やは幼いころの一時期に限った思い出であり、それが一生を貫いてはいない。姐やを回想して歌った詩歌が何一つ見出せないことはそのことを証していよう。ただ、難点は前述の通り、母という語が全く表されていないということである。この点について、和田の新説を意識してのことであろう、次のような批判がある。上笙（かみ）一郎は「作品それ自体の内容よりも作者の周辺の事情に依り過ぎている」という（『日本童謡事典』、平17）。また、田村圭司は「作品の記述に添った読みにその論拠を示す必要があろう」として、「主題と制作意図とは幼児期と少年期の記憶の対比表現」としている（『日本の童謡』國文學臨増、平16・12）。主題については後述するが、「作品それ自体の内容」「作品の記述」に基づいて考察しても、前述の通り第三連の「お里のたより」が解釈できずに矛盾する。その解決のために、第三連の転の部になって初めて姐やを登場させることによって、第一、二連の起承の部で実は母でなかったことを明らかにしようとしたと考えるとよい。続いて、「お里のたより」で母の存在を暗に示したが、それは作者にとってはいつまでも遠く隔たり、不在のままであった。「母の愛」を歌うには幼少時代の短歌と俳句と同じく、常に受動的、消極的な方法によるしかなかったのである。

第四連・「赤とんぼとまっているよ」

夕やけ小やけの
赤とんぼ
とまってゐるよ
竿の先

先に述べた通り、この作品の創作の契機は北海道で夕暮に赤とんぼが飛んでいるのを見て、と作者自身も解説している。従って、第四連の描写も現前の風景として解釈されてきた。しかし、文学作品として見た場合、作者が現に詩作中に見ていた夕方の情景だろうか。この疑問を解く鍵は二つある。一つは、前述の通り、作者が七歳の時に作った「赤とんぼとまってゐるよ竿の先」をこの結の部分に取入れたことである。これにより、起の、赤とんぼを負われて見た思い出の風景がここに再び蘇り、重ね合わされ、幼児の時の俳句が生かされる。これは現在の事実を超えた内面の世界と言えないか。作者の体験ではもはやなく、普遍化、理想化された真実の世界へと昇華されたのである。もう一つは、「とまってゐるよ」という現在形を使っていることである。もちろん、詩作の現在とも考えられよう。

しかし、詩作の時間と作品の時間の流れは決して一致することはない。作品として創作したからには、どこで作ったか、いつ作ったかはそれほど重要ではなくなる。作品における時間表現として捉え直すべきである。ということは、この現在形はただ単に現在ではなく、英文法で説く歴史的現在、イェスペルセンのいわゆる劇的現在の用法である。昔も、詩作の時も、これからもいつも、常にとまっている。それがどこかといえば、作者の心の中であり、読者の心の中でもある。つまり、これは、ふるさとの原風景としていつまでも人の心の中に、心象風景として描かれるものなのである。こうして、この詩は赤とんぼによって母につらなるふるさとの心の内なる風景として、永遠の真実を得たと言えるのである。

構想と主題

以上、第一連から表現を細かく分析し、精読してきて、構想の特色と主題を探る段階にきた。この作品の動機（モチーフ）はやはり先に、露風が芳水に語った「母の愛を詩にしたい」ということである。しかし、母を語るには数え七歳で離別した、その喪失感は子供には重く、暗い体験としてのしかかり、母の思い出を直接表すことができず、また、その材料もなかった。母はいつも去った人であり、待つ人でもあった。手の届かない遠いところへ行った夢幻の人であった。そこで、実在感、実体感の乏しい母の代役としてやってきた姐やを直接に描くことにしたのではないか。

赤とんぼを「負はれて」見た、誰にと表現しない、第三連や作者の回想で姐やと分かるが、それは同時に母ではないだろうか。桑の実を「摘んだ」のを、誰とかは表現しないが、同じく、表面的には姐やであろう。しかし、それは同時に母の姿でもあった。姐やの背後には、というより、姐やを同体、一体として母が居たのではないか。両方とも姐やとも表現せず、「いつの日か」「まぼろしか」と言い表していることに注意しなければならない。

姐やが嫁に行った、これより先に母は実家に帰って行った。里の便りが絶え果てた、姐やを含めた姐やの実家から、それ以上に母の実家からも連絡が絶えた。共に暮らした姐やは表面的な存在、一方、事実として居ない母は隠れた存在として、一体的に、いわば二重構造にして描いているのではないか。現実の世界、事実としては姐やがいる、しかし同時に、幻想の世界、真実として母が目に見えない形で存在している。これがこの作品の発想であり、構想の枠組として成り立ったのではないか。姐やへの慕情では軽く、一時的で全体を一貫した主題にならない。姐やを歌うことにより、母を失ったことをより強く意識し、母を追い求める。「負はれて」も「摘んだ」のも姐やであり、母ではなかった。だからこそ母が恋しいのである。母を思い慕う子供の心が姐やに重ねられ、託されている。姐やの役割はあくまで仲立ちであり、代役に過ぎない。

このように考えると、先に紹介した第一、二連と第三、四連を分け、「幼児期と少年期の記憶の対比」が主題であり、「母への慕情は底流にあるものとして、それらと離して別に考えられるべき事柄」とする説（田村圭司）は、ことさらに作者の心情を排除して、形式的に詩の表現を理論づけようとしているだけであることが分かる。幼少年期を二分することに意味はない。幼少年期を通して変わることのない思いが叙されている。第四連に赤とんぼを再び描くことにより、第一連に響き合って、赤とんぼに象徴される故郷への思いが蘇って改めて漂い、それは永遠に続くのである。

そのほかの問題

(1) 赤とんぼの意義

この詩の季節は第二連が桑の実で初夏、第一、四連は赤とんぼの飛び交う夏の終りから初秋にかけてのことである。このころのとんぼは精霊とんぼ、別名、仏とんぼ、盆とんぼともいう。とんぼ（赤とんぼ）は古来、先祖が乗って来る、魂を運ぶもの、また、亡き魂そのものと観じられ、ことに盆のころに子供が捕らえるのを戒められた（柳田国男『先祖の話』、『昔話覚書』、『海上の道』。折口信夫「石に出で入るもの」）。「亡霊は高きを飛翔して低きにつかんとする」もので、盆ごろから現われる赤とんぼに祖霊の来訪を感じたのである（堀一郎『我が国民間信仰史の研究』）。作者にこのような意識があったかどうかは明らかでないが、作者の手から一旦離れて、この詩が作曲されて広く親しまれ、懐かしがられる背景にこのような潜在的な日本人の共通の感情があったであろう。

(2) 夕焼けの意義

夕焼けを歌った童謡は、わらべうたの「夕焼小焼　あした天気になあれ」をはじめとして、「夕日」（大10）、「夕焼小焼」（大12）、「夕日がせなかをおしてくる」（昭43）など、数多くある。今でこそあまり見られないが、かつては子供は夕方暗くなるまで外で遊び、夕焼けを見ながら家路についたものである。子供にとっての夕焼けはやはり原風景として大人になっても生き続けていく。山折哲雄はこの夕焼けを日本人の落日信仰と積極的に結びつけて評価している。太陽が海の水平線や山の彼方に沈んでいく光景に神道の常世観、仏教の西方浄土を想像し、深層意識の中に信仰心を養ってきたとする。だからこそ夕焼けは無常観、悲壮感を覚えさせる（『日本人の宗教感覚』）。この「赤蜻蛉」の詩、というより歌曲がいまもって愛好されるのは、夕焼け、夕日、夕暮れという情景にも要因があったと考えるのもまた自然なことであろう。

（3）文字の書き分け

詩作品で題目と本文で漢字と平仮名の文字を書き分けることはよくある。これは作者が意図的に行ったのか、無意識であるかは容易に判断できない。和田はこの書き分けに年齢（年代）による成長を読み取ろうとしているが、必ずしもそのような理論的な文字意識で解することはできない。ただ、一般的な文字による表現意識を考察すると、次のように考えることができよう。

まず、題の「赤蜻蛉」は漢字によって、初めに概念をはっきり提示し、詩に出てくる中心的な物を明示しようとする。従って、次の第一連の「あかとんぼ」は漢字表記する必要がなく、思い出の風景として柔らかく表そうとした。結びの第四連は三回目の登場で、間隔が二連あるので、「赤とんぼ」と、夕焼けの中の「赤」を強く意識づけようとした。また、第一連の「夕焼、小焼」は初めての場面の提示であり、漢字によって概念的に強く印象づけようとした。結びの「夕やけ小やけ」は二回目であるので、「赤とんぼ」と同じく、漢字仮名交りにして、心の内面に在り続け、生き続けていく風景としてやさしく表現しようとした。少なくとも以上のように、漢字、平仮名の、文字としての本質と意識から分析して説明することができる。これを年代別の発展と解するのは文字意識から逸脱して、やや読者側からの一方的な解釈に陥る危険性があるといえよう。

2　七つの子

野口雨情　作詞
本居長世　作曲

〈原詩〉

烏なぜ啼く
烏は山に
可愛七つの
子があれば

〈歌詞〉

烏　なぜ啼くの
烏は山に
可愛七つの
子があるからよ

可愛　可愛と
烏は啼くの

可愛可愛と
啼くんだよ

山の古巣に
いって見て御覧
丸い眼をした
いい子だよ

作者と作品

作者、野口雨情（明治十五年―昭和二十年）は、茨城県多賀郡北中郷村（現、北茨城市）磯原に生まれた。代々、村長を務める名家であったが、火事と借金のために没落、雨情は職を求めて転々とする生活を送った。この詩は大正十年七月、『金の船』に発表されたが、その原詩というべきものが、十四年前の、明治四十年に童謡・民謡の小冊子『朝花夜花』第一輯（しゅう）に載せられていた。それは「山烏」という題で「烏なぜ啼く／烏は山に／

七つの子
野口雨情 作詩
本居長世 作曲
mf
p
からーす なぜなくの からすはやまに
p poco rit.
かわいい なーつの・こがあるからよ
pp
かわい かわいと からすはなくの
p
f rit.
かわい かわいと なくんだよ
mf
p
やまーの ふーるすへ いってみてごらん
p poco rit.
まーるい めをーした いいーこだよ

可愛七つの／子があれば」という、四行の短詩で、これが新しい第一連に使われている。作者は子供と離れて、上京して仕事をしていたが、郷里に残した幼い子のことが忘れられず、絶えず手紙を送って励ましていたという。詩そのものは、帰郷して植林事業をしていたころ、子を連れてよく杉や松の裏山を散歩していた思い出をもとにして作られた。作曲は本居長世（明治十八年—昭和二十年）で、右の詩と同時に同じ雑誌に発表されている。爾来、「赤蜻蛉」とともに、日本の代表的な童謡として今なお歌い継がれている。

第一連・「七つの子」とは何か

烏　なぜ啼くの
烏は山に
可愛七つの
子があるからよ

原詩は文語体であるが、これは口語体で表現している。ここに作者のどういう意図があったか。一般に、わらべうたには例えば江戸時代から歌われる「うさぎうさぎ　何よ見てはねる／十五夜お月さま　見てはねる」というように問答形式が多いことは金田一春彦が指摘している（『童謡・唱歌の世界』）。この形式は現代の童謡にまで引継がれていて、この問答は子供の頭で自問自答して、納得していくのに適した形式である。原詩は文語体であって、これでは作者または読者が心中で一人で問答しているようで、広がりがない。このように口語体で表現することにより、子と母が鳥の鳴き声を聞いて語り合っていると理解すると情景がよく想像でき、効果的である。後に、雨情は『童謡教本　尋常一・二年用』（昭2）で二人の少年の会話の形として自ら解説しているが、これは小学生用を念頭において、そういう説明にしたのであって、詩の表現から言えば、母子の会話という設定がごく自然である。

次に、「七つの子がある」の「ある」の表現の適否を「七つの」の解釈と絡（から）めて問題視する考えがある。藤田圭雄の『日本童謡史』によれば、「子がゐる」では七歳の子で当然だが、「子がある」では、七羽の子と解釈されやすいと言う。しかし、この「ある」は人間か動物かに関わらず、物の存在、所有、実現に使う語である。例えば「昔々、お爺さんとお婆さんがありました」とも語るように、物語的、昔話的に表していて、この場合、動詞の使い方から主語を判断する決め手にはならない。これについては、濱田敦も「ある」

は生物、無生物、抽象的なものにまで使われると、多くの文例を挙げて説いている（「七つの子がある」『続朝鮮資料による日本語研究』）。

さて、ここでこの詩の最大の問題、「七つの子」の「七つ」がどういう意味であるかを解明しよう。それに先立って注意すべきことは鳥の子が出てくるからといって、「七つ」を生物学、動物学的に考えてはならないということである。そのわけは二つあって、山鳥の卵の数が七個では多過ぎるから、七羽ではない、また、七歳の鳥では実際はもう相当な大人で、かわいくないから、七歳ではないという説がある。詩は文学的、語学的に解釈すべきで、詩的世界の虚構性をも考慮しなければならない。従って、この論争でこういう現実的な知識による判断を持ち込むことは無意味であり、禁物である。

では、「七つ」の諸説を整理すると、①七羽の鳥、②たくさんの鳥、③七歳の（人間の）子、④七歳の鳥の子、の四つにまとめられる。以下、諸説を検討して、私見を述べる。

①初出の大正十年『金の船』の挿絵に七羽の小鳥が描かれている。また、藤田圭雄によると、コロムビアの童謡曲全集『たのしい童謡のすべて』に、七羽の子が親鳥と向かい合っている絵があるという（前掲）。郵政省発行の童謡シリーズの切手で、三羽ほどの鳥が描かれていたのは、七羽まで書き入れにくかったからであろう。これらは「七つ」が七

羽であることを根拠にして描いたのではなく、一羽であれば、絵になりにくいという描き方の問題でもあろう。ここで、この詩全体で七羽説を主張できる表現や語法は言葉として何も表されていないことを知る必要がある。「七つの子がある」「いい子だよ」はことさら複数形を示さず、その上、単数形をも否定しない。また、「七羽の子」では、親がかわいいと思うには焦点がぼける嫌いがある。この歌の全体的な印象から言えば、たった一羽の子と捉える方がよりふさわしい。それ以前に、七羽でなければならない根本的な意味付けができない。詳しくは後に考証する。

②は前掲の『日本童謡史』で、一つの考え方として述べている。「七」は確かに多数の意に使われるが、「七つの子」の例はない。また、「たくさん」では情調が弱くなり、曖昧になる。雨情の自解では「烏はあの向ふ(ママ)の山にたくさんの子供たちがゐる」とする（『童謡と童心芸術』大14、『童謡教本』昭2）。自解が必ずしも全面的に正しいとは言えず、作者自身、他の論者と同じく漠然と述べているだけである。何よりも、雨情は童謡「子守唄」（大11）で、「七(なな)のお歳の／日は暮れる」「なんなん七の／日は暮れる」と「七つ」、即ち七歳に独自の意味、価値を込めようとしている。「七つの子」はこの「七の日」と同じ質で考えるべきもので、「たくさん」という作者の説明に従う必要はない。

③藤田圭雄によると、本居貴美子・若葉の『本居長世童謡曲全集』で、この童謡が『小学生全集』の童謡集に載った時、七歳くらいの子供が巣の中の三羽ほどの鳥を見上げている挿絵があったという。これで七歳の人間の子と解釈していると断定できないが、藤田はそう判断して論を進めているように見受けられる。しかし、第三連に「山の古巣に／いって見て御覧」とあり、その絵は母の勧めで子供が古巣を見に行ったと仮定して歌われ、「丸い眼をした／いい子だよ」は当然、烏の眼のことになる。従って、この説は成り立たない。

④は学問的に客観的に説明できる、ごく自然な考え方であり、以下、順序立てて説明しよう。まず、濱田敦の説くように、国語では人を数える場合、上代（奈良時代）以来、ひとつ、ふたつとは言わず、ひとり、ふたりと数えるのが原則である。このありふれた事実をほかに説く人がいないのは不思議なことであった。常識的に「ひとつの赤ちゃん、ふたつの男の子、みっつの女の子、むっつの小学生」と言っていくと、どれも人数ではなく年齢を表していることは経験的に分かっているはずである。また、濱田は「七つ」が「七人」の意として理解されるには、「七つの子」という連体修飾的構造ではなく、「子が七つある」という連用修飾的構造で用いられるならまだしも、この文脈で「七人」あるいは「七羽」の意味で用いられるのは極めて異例で、奇異な用法であるとした。そして、この文構造は

「象は鼻が長い」と同じく、「鳥は（山に可愛い）七つの子がある」という構造であると論じた。このように、国語学、文法学の方法で解明すると、ごく自然に七歳の子という結論に達する。従来、この種の論議がなく、印象ふうの説明しかされなかったのである。

なほ、「七つの子」は右の通り連体修飾関係であるが、「ふたご」といえば双生児という限定された意味で、数を表す意味に慣用として固定された。「みつご」は双生児と同じ発想による三人という意味とともに、「三つ子の魂百まで」というように三歳をも意味する。この「ふたご」の「ふた」は「ひとり」「みたり」「よったり」と同じく数を表すのが基本で、「みつご」だけは数とともに年齢をも表すようになったのである。

「七つの子」が「七歳の子」であることは古くから慣用句のように使われていた。金田一春彦は「室町、江戸時代を通じてはやった歌謡に『七つの子』云々というのがあって、子どもといったら『七つの』というのが枕詞のように使われた」と早く指摘している（『童謡・唱歌の世界』）。これについては、折口信夫も「江戸時代にも上方歌をはじめ、いろいろなものに取り入れられている」と述べていた（『全集ノート編』十八）。これは、鷺流の狂言歌謡の小舞（こまい）「七つに成る子」の中に「七つに成る子が、ゐたいけなことゆうた（ママ）、殿がほしとうたうた」が代表例である。また、松永貞徳の『新増犬筑波集』は『犬筑波集』の前句に自ら付句を試みたもので、「及ばぬ恋をするぞをかしき」に対して、「殿ほしといふは七になる子にて」を付句とした。あるいは、近松門左衛門の浄瑠璃『賀古教信七墓廻』で子守唄として「こゝな（注、ここにある）子はいくつ。十三七つ。七つになる子がいたいけなことといふた。とのがほしとうたふた」と歌っている。この「七つになる子」は別名「おちゃめのと」といって、非常にませて、大人のようなことを言う子供のことで、もとより七歳である。また、別の狂言小舞の「棒縛り」で「七つ子」が、子を背に負って舞い様式で演じられる。白隠の「布袋携童図」（永青文庫蔵）では、賛にこの句を引用した後、人を諭し教える言葉を付けている。江戸中期にも広く伝わっていたのである。このように、「七つになる子」は「いたいけな」、つまり、かわいらしい子供、子供らしい子供という意味で用いられている。「はたち」が成人を意味し、また象徴するように、「ななつ」は子供そのものを表す代表的な語として定着していたのである。この言葉に谷崎潤一郎は関心があり、『月と狂言師』（昭24）で、「地唄の方でも『七つ子』と云つて三味線に合せて唄はれるもので、『松の葉』にも歌詞が載つてゐるし、井上流の舞でも舞はれる」として、「此の唄の文句」をそのまま引用している。ただし、『松の葉』には第一巻の巻末に「秘曲相伝之次第」の中に「七つ子」の曲名が記されているだけで、歌詞は収載されていない。

この「七つの子」の伝統を受け継いで積極的に童謡に取り入れたのは西条八十である。「お月さん」（大11）で、「お月さん／いくつなの／わたしは七つの／親なし子」、「なんなん菜の花」（昭7）で、「なんなん菜の花　咲く路を／なんなん七つの　子がとほる／…なんなん泣いてる　七つの子」のように、「七つの子」はただ単に七歳という年齢を示すだけでなく、かわいく、あどけない子供という普通名詞として表現していることが理解される。野口雨情は詩作の六年後に「たくさんの子」と小学生に解説しているが、これは前述の挿絵と同じく、にぎにぎしい雰囲気を表す意図であった。創作の動機、発想としては古典から伝えられてきた「七つの子」の本来の意味を用いたと解するのが至当である。この考え方は現代にまで及び、加納朋子の童話短編集『ななつのこ』（平10）は同名の作品を収録し、「野口雨情の童謡『七つの子』が絶えず響いている。失われたアドレッセンス期（注、青年期、思春期）の夢の追憶へと誘う（いざなう）」と解説されている。これが「七人の子」であれば、何の意味も価値もなく、それこそたくさんの子でも何人でもよいことになる。

七歳の意義を別の視点から考察すると、古来、子供の成長過程にとって第二の誕生ともいうべき重要な一時期、節目であり、古典文学にもしばしば取上げられてきた。

（犬宮は）来年は七つになり給ふ。今までこれ（注、琴）を教へ奉らぬこと…となげ

き聞え給へば　（宇津保物語、楼上、上）

（源氏は）ななつになり給へば、ふみ始め（注、読書始）などさせ給ひて

（源氏物語、桐壺）

「惣領の孫が七つの祝ひ」「やれさて、それはおめでたい」　（浮世風呂）

この行事が現代に至るまで、七五三の七つ詣りの習慣として続いているのである。

民俗学的に言っても七歳は人生の重要な区切り、段階である。柳田国男は小児の生身玉（いきみたま）は身を離れて行く危険が多く、容易に次の生活に移り、人間世界から戻すことも可能で、七歳までは子供は神であるという諺が今も全国に行われているという（『先祖の話』）。例えば「七つ前は神の子」「七つまでは神のうち」「七つから大人の葬式をするもの」「七歳未満の者には忌服かからず」「男子（なんし）七歳までは物あやかり」などは、子供は七歳までは神の世界にいるものという認識を示していよう（ただし、最後の例は、幼少の男の子はほかからの感化を受けやすいことをいう）。また、大隅では七歳になった小児が隣七軒から食物をもらう乞食（こつじき）をする。種子島では同じく雑炊をもらい集め、この日の夜に付紐を解いて帯を締め、一人前の子供になる（『食物と心臓』）。七歳の男児が七つ坊主といって頭を剃ってしまうことも近畿、四国、信州にも以前あって、「七つといふ年は男の児にとって

可なり顕著な境界線である」（『社会と子ども』）。

与謝野晶子に次の歌がある。「七つの子かたはらに来てわが歌を少しづつ読む春の夕ぐれ」（青海波、明45）。また、「おどんま親なし　七つの年で　よその守娘(もりこ)で苦労する」（五木の子守唄、熊本）をはじめ、西条八十の童謡「珊瑚の首かざり」（大14）の「この子に珊瑚の／首かざり／七つになったら／買ってやろ…七つに　なれなれ／あしたなれ」のように、七歳の子に特別の意味付けをしようとしている。小野恭靖は「子どもを歌う歌謡史――中世日本における子どもの年齢範囲」（『日本文学』平14・7）で、「七歳を歌う歌謡」として、静岡県や大阪府の盆唄、和歌山県の盆踊歌で、「七歳が幼な子を代表する年齢」と論証している。また、仲井幸二郎の著書から「七つという年はやはりひとつの資格を身につける年である」という指摘を紹介し、「雨情が子どもの年齢として七歳を選んで作詞したことに大きな意味がある」と結論づける。

このように、「七つの子」というのは幼児から一人前の子として認められるころであり、いわば子供の代名詞のように広く使われてきた。だからこそ、近世の寺子屋(てらこ)では数え七歳の入門が多く、明治の小学校でもこれが引き継がれた。前述の通り、はたちは成人を意味し、百年、百年の後という語は一生、生涯を暗示し、象徴するのと同じ発想なのである。

第二連・「可愛」のは烏だけか

可愛　可愛と
烏は啼くの
可愛可愛と
啼くんだよ

この一、二行目と三、四行目は第一連と同じく、子と母との問答である。ただ、前半を母親の答えの続きととる説もあり（『日本の童謡』國文學臨増）、とすると、後半も母親の答えとなってしまう。しかし、これは不自然な解釈で、この詩における問答体の価値がこれでは消えてしまう。本居長世の作曲の調べも両者の問い掛けとその答えと解してなされている。

ここで、「可愛可愛」は烏の鳴き声の擬声語と、かわいいという語との二つの意味が掛けられている。これが雨情の独創かといえば、そうではない。歌舞伎十八番の「鳴神（なるかみ）」で「月もいるさ（注、入る時）の夜明のからす、可愛〳〵と引よせて、つひそのままの」とある。また、清元の「明烏（あけがらす）」で「可愛と一ト声明烏」とあり、既に近世に用例がある。これは鳥のさえずりを人の言葉に置き換えて聞き取る、いわゆる聞き做(な)しで、日本人が虫の音を言語化して聞くのと同じ態度である。前述の通り、雨情自身、子供を連れて裏山をよく散歩した。鳥の鳴き声を聞いて、あの鳥はどういうつもりで鳴いているのだろうと子供(野口雅夫)に尋ねたこともあるという(『太陽』日本童謡集)。そのことを思い出し、その親鳥と子鳥を、作者と、遠く離れている自分の子との姿に擬して、原詩を思いついたのであろう。「七つの子」は歌としては烏の七歳の子であるが、それは同時に、作者自身の七歳の子である。「七つの子」に我が子を投影して捉えたのがこの詩の眼目である。結局、「七歳の子」とは厳密に七歳と限定、特定しているのでは決してない。七歳によって子供という意味を代表させたのであって、幼い子という意味である。

第三連・「山の古巣」の風景

山の古巣に
いって見て御覧
丸い眼をした

いい子だよ

「山の古巣」というのは単に現実の風景を言っているだけではない。「山の古巣に…いい子」がいるということは、作者にとっては山の古里であり、つまり故郷に残してきた我が子がいるということを二重に意味している。これは事実が投影し、反映された表現なのである。作者は烏の子に托して、烏の子を通じて、我が子のことを歌っている。ここに至って、文学的に言えば、烏の子がそのまま人間の子であることが明らかとなる。

なお、「山の古巣に」は原作であるが、作曲された楽譜には「山の古巣へ」と改められている。一般的に「に」は帰着点に重点を置き、「へ」は方向を示すことが多い。詩としては「に」がよいが、歌う場合、「へ」の方が強く指示することができそうである。

この詩を全体として見た時に気づくことは押韻が整っていることである。第一、二連は「烏、烏は、可愛（可愛）」と、カ音が韻律をなす。第三連では「いって、いい」でイ音を重ねる。この頭韻に対して、第一、二連で「啼くの」の繰り返し、各連で「からよ、だよ、だよ」と脚韻を踏む。これらによって、口語体の俗語、日常語が下品に陥らず、この詩全体の品位を保っているように見える。また、作曲の場合であるが、第一連の「可愛（かわい）」は「かわいい」と音符を付ける。しかし、第四連の「丸い」を「まーるい」と歌うことにより、「かはいい」も「かーわい」と対応させて歌われることがよくある。自然に対句意識がはたらいて、「七つの子」の印象を深めてその姿を想像しようとするのであろう。

構想と主題

烏は一般に不気味で人に嫌がられるが、子供の歌の世界ではそうではなかった。古くからのわらべうた「からす勘三郎」は、カ音の頭韻を響かせて、鳴き声を表わしている。後になって、「夕日」（葛原しげる、大10）では「烏よ、お日を追っかけて／真赤に染まって舞って来い」と呼び掛け、「夕焼小焼」（中村雨紅、大12）では「烏と一緒に帰りましょう」と親愛の情を寄せている。また、「からすの赤ちゃん」（海沼実、昭14）では「なぜなくの」と問い掛ける。これは日本人の根底に烏に対する、何がしかの情があるからで、これが先の「赤蜻蛉」と同じく、夕方、夕暮れの情景と絡んで、懐かしい原風景を掻き立てるのであろう。野口雨情も同じくそのような情景に包まれた烏の鳴き声、烏が寝ぐらに飛び帰る姿に故郷の景色を感じ取ったのである。親が子を思う心を通して描くことにより、そこに自分自身の心情、またそれ以上に普遍的な、生き物への愛を描こうとしたのである。

ここに至って改めて「七つの子」の意味を考えた場合、「七羽の子」「たくさんの子」と数量として見るのではなく、生き物の親子の愛情に結びつく「七歳の子」即ち、幼い、かわいい子供という一点に凝縮して捉えた存在であると確認できるのである。

3 雪やこんこ

不明 作詞
不明 作曲

雪やこんこ霰(あられ)やこんこ
降っては降ってはずんずん積る
山も野原も綿帽子(わたぼうし)かぶり
枯木残らず花が咲く

雪やこんこ霰やこんこ
降っても降ってもまだ降りやまぬ
犬は喜び庭駈(か)けまわり

猫は火燵で丸くなる

作者と作品

明治四十四年に文部省の編集（著作）により発行された『尋常小学唱歌　第二学年用』に「雪」の題名で収録された、いわゆる文部省唱歌である。作詞、作曲者とも公表されていないが、その後の研究によって少し判明した。しかし、「雪」は未だに明らかにできていない。戦後も小学校の音楽科の共通教材として必修であったが、昭和五十五年度の学習指導要領の改定で削除された。それでも、選択教材として今日も歌い続けられている。

「こんこ」とはどういう意味か

雪やこんこ霰やこんこ
降っては降ってはずんずん積る

雪

♩= 92
ゆーきやこんこ　あられやこんこ
ふってはふってはずんずんつもる
やーまものはらもわたぼうしかぶり
かれきのこらずはながさく

雪やこんこ霰やこんこ
降っても降ってもまだ降りやまぬ

第一、二連の冒頭、「雪（霰）やこんこ」の意味を詳しく考証する。「こんこ（こんこん）」とはどういう意味であるか。一般の国語辞書の説明では、例えば「雪や霰（あられ）がしきりに降るさまを表す語」と説明されている（『大辞林』第四版、令1）。「こんこんと大降りになり出した往来の雪をぼんやり瞬きもせずに眺めながら」（有島武郎「星座」、大10）は「と」を伴って、雪の降る擬態を表している。一方、「雪の降る擬音かと思っていた」という説もある（金田一春彦『日本の唱歌（上）』）。「コンコン、コンコン、霰が降る／パラリ、パラリ／コンコンコンコンコン」（葛原しげる『大正幼年唱歌』八、大10）は擬態語とも考えられようが、中心は擬音語として用いていよう。また、北原白秋の童謡に「こんこのお寺」（大12）がある。「雪こんこ／雪こんこ／こんこのお寺に日が暮れる／こんこのお寺は山の向こ…」の「こんこ」はやはり空から雪が降って来る状態と解している。大正時代、歌人・詩人にして、本来の意味まで考え及ばなかったか、このような解釈が通説として既に一般化していたことを示している。

「こんこ（こんこん）」を擬態・擬音語と考えていいのだろうか。「こんこん」は一般的に、咳の音や狐の鳴き声、鐘の響く音、堅い物をたたいた時の音など、硬質の音が実際に出る時に使われる。しかし、雨や霰はともかく、雪は音がしないもので、「しんしん（涔々、深々、沈々）と」、また「しとしと」（与謝野晶子「花子の熊」大8）降って来るものである。「雪がこんこんと降る」という表現があるとして、さて、どういう降り方かと省みると、説明し難く、小止みなく、しきりに降る様子としか言えない。しかし、「こんこん」という語の音質や感覚からこの意義は導き難く、カ行音の硬く緊張した音感は雪の降り方にふさわしくない。また、「こんこん（滾々）と湧き出る泉」、「こんこん（渾々）と流れる川」は実感の伴わない漢語で、これを下からではなく上から降ってくる雪に結びつけるのは後知恵による解釈である。

北原白秋は『お話・日本の童謡』（大13）の「雪こんこん」という文章で、「あの紫がかった薄墨いろの空から、こんこんと雪が湧いて降って来る」として、全国各地の雪を歌ったわらべうたを紹介している。ここで、雪がこんこんと空から湧いてくると解している表現をどう考えるべきか。これを読んで思い起こすのは、京都のわらべうた「雪花　散り花／空に虫がわきます／扇、腰にさして／きりりと舞いましょ」である。あるいは、有名な秋田のわらべうた「上見れば　虫コ／中見れば　綿コ／下見れば　雪コ」でもよい。

これは子供の発想として、空を見上げて雪を見れば、まるで虫が湧いているように見えると言っている。雪が空から湧いて来ると捉えているのではない。白秋はこのわらべうたを参考にして「こんこんと雪が湧いて」と逆に類推したのであろう。そこに詩人的な感覚もあろうが、大地からでなく、上方から湧いてくることにやはり無理な解釈が入っている。

　この問題を考える鍵は、「雪（霰）や」の「や」にある。「雪（霰）がこんこん」とは決して言っていないことに着目すべきである。「我妹子や、我を忘らすな」（万葉集、巻十二）「朝臣や。さやうの落葉をだに拾へ」（源氏物語、常夏）のように、間投助詞として呼び掛けに用いる例から考えて、この「雪（霰）や」を主格ではなく呼び掛けの呼格、独立格として解すると、解決が開かれそうである。なお、「こんこ」は後述するが、これが本来の形で、後に「こんこん」ともなった。これは先にも述べたように二音節を一単位として、四拍子を国語の基本的な韻律であると捉える国語らしい言語感覚によるものである。

「こんこ」の源流は平安時代から

「雪やこんこん」の本来の意味については現在、既に明らかになっていて、「雪や、来む来む」、つまり「雪よ、降って来い」と解釈するのが正しい。この源流は平安時代後期に遡ることができる。『讃岐典侍日記』に、鳥羽天皇が幼い時に「降れ降れ粉雪と、いはけなき（注、子供っぽい）御けはひにて仰せらるる聞ゆる」と記している。ここで、「降れ降れ」と命令形が二回繰返されていることに注意すべきで、やはり雪に対して呼び掛けている。さらに『徒然草』（百八十一段）に次のような興味深い話が書き留められている。「『降れ降れ粉雪、たんばの粉雪』といふこと、米つきふるひたるに似たれば、粉雪といふ。『たまれ粉雪』といふべきを、あやまって『たんばの』とはいふなり。『垣や木のまたに』とうたふべし、とある物しり申しき」と記した後、『讃岐典侍日記』の右の箇所を紹介している。ここでもやはり「降れ降れ」「たまれ（垣や木のまたに）」と命令形である。また、室町期の歌謡集、『閑吟集』（二四九）に「降れ降れ雪よ／宵に通ひし道の見ゆるに」があり、雪に対して、降ってほしいと希求するという発想が受け継がれている。雨であれば日照りの時以外に降って来いと願うことはないだろうが、雪は時には降って来てほしいというのが、日本人、ことに子供の共通感覚といえよう。

この雪を待ち望む発想が近世に引き続いて使われる。

ゐのこ（注、犬の子）さへ御寺の垣にふりたまる、嬉しかりける、雪やかふかふ

雪やこんこん、霰やこんこん、舞ひ舞ひ独楽めくるりめくるりと
(堀川百首題狂歌集)

雪こんこんや、丸雪こんこんと、小褄に溜て
(浄瑠璃『浦島年代記』七世の鐘)

(井原西鶴『本朝二十不孝』)

第一、三例で雪が降って来て「たまる」ことを希求し、第二例でこまに対しても「舞ひ舞ひ」と同じ語を繰り返す畳語の命令の発想で表現していることに注意すべきである。

この歌謡がわらべうたとして全国に広まっていった。町田嘉章・浅野建二編『わらべうた』によれば、次のような例を拾うことができる。

霰や　コンコン　豆　コンコン　(秋田)

雪　コンコン　雨　コンコン／お寺の屋根さ　雪一杯たーまった　(宮城)

雨コンコン　雪コンコン／おら家の前さ　たんと降れ　(福島)

霰コンコ、お寺の前に一升五合たまれ、たまれ　(新潟、長野)

雪やコーンコン／霰やコーンコン／お寺の柿の木に／一ぱいつーもれ／コーンコン　(京都)

雪やコーロ　霰やコーロ　(佐賀)

ここに共通していることは、前と同じく、「や」の間投助詞を使う例もあり、省くこともあること、「こんこん」は連用修飾の用法ではなく、呼び掛けであることから動詞性の意味であること、「降れ、たまれ、積れ」は動詞の命令形で、「こんこん」と響き合っていることである。これらは、子供が家の中で雪や霰が降っている様子を眺めているのではない。外で走り廻りながら、空に向って、もっと降れ降れ、降って来いと囃し立てているのである。雪や霰が降る形容を示す擬態、擬音という考え方は後代の大人の、もっともらしい解釈であって、子供にとっては嬉々として遊び戯れる世界のことである。

「こんこん」の文法的意味

「雪やこんこん」は前述の通り、「雪や来む来む」が元の形であるが、これについて詳述する。この「来む」は、平安時代以降、発音の変化により、「来ん」とも表記され、鎌倉時代以降は「来う」に変った。このもとの「む」は相手に対して勧誘、促し、命令の意を表す助動詞である。例えば「とくこそ試みさせ給はめ」(源氏物語、若紫)、「鳴り高し。鳴り止まむ」(同、乙女)のように、本来、自己の意志に用いる意識が相手、対象の意志に向って、誘い込み、促す。この「来う」は江戸時代に、例えば「すまふとろふ、なら（注、そんなら）こう」（『辰巳之園』）、「はやくもってこふよ」（『南閨雑話』）のように「来い、来なさい」の意味である。このことから、「雪やこんこん」は「雪や、来む来む（来ん来ん、来う来う）」と考えるべきで、雪よ、降って来い（降ってきたらどうか）と、雪に対して勧誘し、希望しているのである。また、「こんこ」の後の「こ」は「来(く)」の命令形「来(こ)」で、結局「こん」「こ」とも意味としては命令を示している。

なお、「こんこん」を「来よ、来よ」が変化したとする説もある（小野恭靖『子ども歌を学ぶ人のために』）。しかし、「こよ」が「こん」に変化するのは不自然である。命令形の「来よ」は鎌倉時代まで使われ、室町時代に「来よ」が同じヤ行系列の「来い」に変化した。「来よ」が撥音（「ん」の音(おん)）を含む「来ん」という別の行の語形に変わることは音韻論的にあり得ない。この「来い」は現代に至っても、「こむ（こん）」を命令表現と捉える意識もあって次の例のように使われる。

雪や来い来い／霰や来い来い／大山やまの雪ころころや
（鳥取、『日本歌謡集成』十二）

雪や来い来い坊やは寒い／寒いお手々をたたいて待(まつ)に／雪よこんこと降ってきた

（若山牧水「雪よ来い来い」大8）

この「雪よこんこと降ってきた」の「こんこ」は「と」があるけれども「来い来い」の意味で使っていよう。「雪よこんこと」期待するように降ってきたのである。これと相似たものに次の例がある。

だるま　だるまさんに／雪こんこ　おふり／みんな　こい　こい

（野口雨情「雪こんこだるま」昭10）

やはり「こんこ」と「こいこい」を同じ命令・希求の発想の流れとして表現している。

雪ふりこんこんこ／積れ積れ／御寺の柿の木に

（名古屋、『日本歌謡類聚〈下〉』）

「こんこんこ」と「積れ積れ」の命令表現を重ねて、雪を待望する気持ちを表す。このように、「雪や来い来い」は「雪や来ん来ん」の訛ったもので、本来、「来（こ）」だけで命令形、これに間投助詞「よ」がついた「雪や来よ来よ」という形の変化によるものではない。

なお付け加えれば、三木露風の詩に次のような表現が見られる。

雪よ降れ、／われらのこころを浄めよ、／…雪よ、早よ降れ

（未刊詩集「微光」）

とべ、とべ、小鳥、／ふれ、ふれ、雪よ。

（「チラチラ小雪」大15）

雪に対して降れという希求表現が「浄めよ」「とべ」という、雪以外の他者に同じよう

に使われているところに、「こんこん」と共通した根強い言語意識を読み取るべきである。

「でんでん」「ねんねん」「けんけん」へ

「こんこん」の「ん（む）」は前述の通り、対象に対して行動を勧め、促して、その実現を期待する言語主体の陳述を表す。その発想で、同じような語構成による語を見出すことができる。「でんでん虫々　かたつむり」（『尋常小学唱歌』一、明44）の「でんでん虫」は「出む出む」であって、かたつむりに対して、「角だせ槍だせ　あたまだせ」と子供が呼び掛けている。この語は江戸時代中期に既にあり、一方、「ででむし」もあった。これは「出え出え」という命令形による命名である。方言で「でえろ」というのは、「出ろ出ろ」であり、同じ系譜である。「まいまい」は「舞い舞い」であって、「舞え舞え」の変化したものである。

また、子守唄の「ねんねんころり　おころりよ」の「ねんねん」はまさに「寝む寝む（寝ん寝ん）」で、寝よう寝ようと赤ん坊に誘いかけていることになる。「けんけん」は「蹴む蹴む（蹴ん蹴ん）」であって、片足で飛ぶ子供の遊びはまさに今、足で蹴ろうとしている格好そのものである。

さて、「こんこん」は命令形に相当する意味だが、唱歌、童謡には好んで命令形単独で呼び掛けて、望む例が多く見られる。

ちょうちょう　ちょうちょう／菜の葉にとまれ
（「蝶々」、野村秋足、明14）

鳩ぽっぽ　鳩ぽっぽ　ポッポポッポと飛んで来い
（「鳩ぽっぽ」、東くめ、明34）

もういくつ寝ると　お正月…早く来い来い　お正月
（「お正月」、明34）

春よ来い　早く来い／あるきはじめた　みいちゃんが
（「春よ来い」、相馬御風、大12）

あめあめ　ふれふれ、かあさんが／じゃのめで　おむかひ、うれしいな
（「あめふり」、北原白秋、大14）

これらの表現は「雪や、来む来む」と同じ発想で後世にまで引き継がれている。現代語で命令形が使われることはあまりないのに、文章語に近い韻文である子供の歌によく用いられるのは、表現、文体の特色として国語らしさを示している。

雨や雪そのものへ

「こんこん」は「でんでん虫」が体言になったように、雨そのものに用いられることがある。

さァ〳〵よの坊や　あの様に雨々（こんこん）が降って来たから、お母（つか）の所へ連れて行かうのう

（為永春雅「妹背鳥」、天保年間（一八三〇—一八四三）か）

雨こんこ　パラパラ　降ってきた

（野口雨情「みそさざい」大9）

これは「雨こんこん」の略であり、現代の方言でも幼児語で「こんこ」を細雨や雪の意味で用いる地方がある。「こんこん」「こんこ」が広く普及した証左である。また、「わんわん」や「にゃんこ」は犬や猫の鳴き声がそのまま体言として定着した幼児語である。ということから、「こんこ（ん）」も本来の動詞としての原義が忘れられて、擬態、擬音語として認識されることが一般化し、その後、名詞化（体言化）したと考えられる。

4　背くらべ

海野　厚　作詞
中山晋平　作曲

柱のきずは　をととしの
五月五日の　背（せい）くらべ
粽（ちまき）たべたべ　兄さんが
計ってくれた　背のたけ
きのふくらべりゃ　何のこと
やっと羽織の　紐（ひも）のたけ

柱に凭（もた）れりゃ　すぐ見える

遠いお山も　背くらべ
雲の上まで　顔だして
てんでに背伸（せのび）　してゐても
雪の帽子を　ぬいでさへ
一（いち）はやっぱり　富士の山

作者と作品

作者、海野（うんの）厚（明治二十九年―大正十四年）は、静岡県安倍郡豊田村（現、静岡市）曲金に生まれ、早稲田大学に進んだが、肺結核のために中退し、二十八歳で亡くなった。この詩は東京で、郷里にいる十七歳年下の弟（海野春樹）のことを懐かしく思って作ったものである。大正八年に第一連を作り、同十二年に中山晋平（明治二十年―昭和二十七年）が作曲し、レコードに吹き込む時に、第二連を追加するように要請されて、付け加えた。

背くらべ
♩=96
海野 厚 作詞
中山晋平 作曲
mf
1.はしらの きーずは おととしの
2.はしらに もたれりゃ すぐみえる
ごがつ いつかの せいくらべ ちまき
とおい おやまも せいくらべ くもの
たべたべ にいさんが はかってくれた
うえまで かおだして てんでにせのび
せいのたけ きのうくらべりゃ なんのこー
していても ゆきのぼうしを ぬいでさー
と やっと はおりの ひものたーけ
え いちは やっぱり ふじのやーま

第一連・「紐のたけ」とは何か

柱のきずは　をととしの
五月五日の　背くらべ
粽たべたべ　兄さんが
計ってくれた　背のたけ
きのふくらべりゃ　何のこと
やっと羽織の　紐のたけ

まず、この詩は弟が作ったのではなく、兄が弟の立場に立って作ったことを知らねばならない。ここで「をととし」とことさら言われていることには事情がある。このころ、兄は出版社に勤めていて雑誌の編集に忙しく、しかも病弱であったので、実際に二年間、帰郷できなかった。そこで、東京から故郷の弟を思い、二年間でどれだけ大きくなっているだろうかと気に懸けていた（読売新聞文化部『愛唱歌ものがたり』）。この背景を知らなくても、この詩そのものは兄が弟と背くらべをする温かい兄弟愛が五月五日の端午の節句を舞台に歌われていることは分かる。大正時代の家庭における子供の生活の一端がやや散文ふうで説明的にのどかに物語られている。「背くらべ」という言葉は『伊勢物語』の筒井筒、樋口一葉の『たけくらべ』に見られるように、子供の成長の喜びと他者への意識が、大人に近づく期待と不安を底に漂わせながら感じられる。なお、「きのふ　くらべりゃ」で、なぜ「きのふ」と表したのだろうか。先に「をととし」と言ったので、それに対応するように、前日のことを振り返って「きのふ」と言ったのか。すべて過ぎ去ったこととして回想するという視点に統一したのか。不要のように見えて、この文脈に適合した表現に落ち着いて収まっている。

ここで一番の問題は「羽織の紐のたけ」をどのように解釈するかということである。まず、「たけ」を長さと考えた場合、①弟の身長が二年間で伸びた長さ、②二年前の兄の身長と今年の弟の身長の差、となろう。また、「高さ」と考えると、③弟の身長が二年前の兄の羽織の紐の高さに達した、ということになる。次に、「背くらべ」とあるからには、何と何とを比べているのか。弟が二年前と今年の自分の身長を比べているなら、紐の分だけ伸びたので右の①と対応する。弟が二年前の兄の身長と比べているなら、その差を指摘するのが右の②で、また、③は兄の紐の高さのあたりまで伸びたと捉えていることになる。

このことについて、弟の春樹は次のように解説している（前掲書）。「末弟の私は小学三、四年まで、ちょうど羽織の紐が気になる年ごろだった。そして、その年齢の子どもが二年で伸びる身長が、まさに羽織の紐と一致する」。現在、これが一般的な考えで通説となり、右でいえば①である。しかし、これは作詞者の兄の話ではなく、後年になってモデルとなった弟が解釈している。「羽織の紐が気になる年ごろ」は大人になって幼年時代を回想する、無理した言辞であり、「二年で伸びる身長」云々は後になって分かる大人の知識である。子供の生きた視点が何も入っていないことに注意すべきである。

「羽織の紐のたけ」は簡単なようで、難しい。そこで、私は金田一春彦に手紙で尋ねたところ、次のような回答（要旨）を得た（昭59・6）。

作者の二人（事実は三人――引用者注）の弟の末弟の海野春樹氏の説によると、一昨年から今年に比べて、弟である自分の身長は羽織の紐の丈け、つまり五、六センチぐらいしか伸びていなかった。作者は実際に柱で身長を計ってくれた。この歌は作者が東京に出てから弟が淋しくしているだろうと思って作られた。

これは前述の海野春樹の解説と一致する。

ここで考え直さねばならないことは、「きのふ　くらべりゃ　何のこと　やっと」という表現である。①の説が広く支持されているのに、これに言及したものは不思議と見られない。「何のこと」「やっと」はどちらも否定的な意味合いを持つ言葉である。昨日、二年前に兄が計ってくれた「柱のきず」と比べたら、何のことはない、当てがはずれて、どうにかこうにか「羽織の紐のたけ」であったというのである。ぐんと背が伸びた喜びを言っているのではなく、一昨年の兄または自分の身長と比べて、予想外に伸びなかった弟の残念な気持ちを歌ったことになる。この感情を考慮して①の説で押していくと、自分（弟）は「羽織の紐のたけ」ほどしか背が伸びずに残念であった。やはり兄にはかなわない、早く兄のように大きくなりたいという心境を歌ったと解すれば、自分と兄の身長をともに比べていることになり、一応「背くらべ」らしくなってこよう。ただ、それでも①の説の欠点は、自分の身長の伸びた長さの比較が中心で、兄弟の「背くらべ」そのものになっていないこと、「やっと」が伸びた長さを表すのには不適切で、それなら「たった」「わずかに」といった言葉の方がふさわしいということである。次に、②の説で、兄弟の身長の差と解すると、その差が広がったか、縮まったかについて比較する視点の表現がないので、文脈上、差とは把みにくい。また、作詩の時の事情に立ち入ってしまうが、十七歳の年齢の差から考えると、「羽織の紐の長さ」では短かすぎて、現実的でない。

残るは、「たけ」を高さと考える③の説である。ここで「たけ」の語源に溯って考察しよう。「たけ」は動詞「たく」の連用形が体言になったものである。「たく」は日が高くのぼる、高くなるが原義で、形容詞「たかし」と同源である。「たく」（高）は「上方へ伸長するとして、すなはち、空間的な方向量の義であり」（森重敏『続上代特殊仮名音義』）、一方、「時間的な方向量の義」では「たく」（闌）となり、盛りを過ぎるという意味になる。背丈、身の丈、丈の高い草などの丈は本来、上に伸びる高さから捉えたもので、思いの丈、たけなわ（酣）も内容の面からの高さを主に表したものである。前者の丈は別に見れば長さであろうが、根本は高さを基準にして、「立っている物の縦方向の長さ」（『岩波国語辞典』第八版）が本義である。従って、袖の丈は手を下におろした時の袖の、垂直的な長さをいうものであろう。これに上接する「やっと」は、どうにかこうにか、辛うじて、実現する、到達する、あるいはこれに近づくことを表すものであり、これは高さがふさわしい。

そこで、歌の「羽織の紐のたけ」を高さとして改めて解釈し直すとどうなるか。二年前の兄の身長を示す柱のきずに弟が一人で今年の身長を当てて比べてみた。期待していたのに、「何のこと、やっと」、兄のちょうど「羽織の紐のたけ」（高さ）にしか達していなかった。まだまだ兄の高さまでに至らず、兄にかなわない。残念で、くやしいが、早く兄のように大きくなりたい。このように解すると、前後に矛盾なく、兄との「背くらべ」であることもはっきりして、言語主体の表現意識と整合し、筋の通ったものになる。前述の考え方によれば③であり、従来の通説の誤りは、「たけ」を本来の義である高さと考えなかったこと、「何のこと」「やっと」の心情表現との関連も考慮しなかったことによる。

この私の説は全くの新説ではない。池田小百合が『童謡・唱歌　風だより』（平16）で、「やっと」に着眼して、「羽織の紐」の「位置」として捉え、『やっと』兄の胸まで届いただけだった」と弟の気持ちを汲んで解釈している。私はこれとは別に、前述の通り、三つの語の本義をもとに言語的に考証したのである。また、海野厚の作詩に中山晋平ら三人が作曲した楽曲叢書『子供達の歌』が三冊刊行され、第三集の『背くらべ』（大12）の表紙に大きな兄を背景に、その中に小さく収まる弟の姿が、ちょうど兄の「羽織の紐のたけ」あたりまでに描かれている。挿絵はあくまで参考ではあるが、当時はそのように捉えていたことを証する。

第二連・山もたけを比べる

柱に凭れりゃ　すぐ見える

遠いお山も　背くらべ
雲の上まで　顔だして
てんでに背伸　してゐても
雪の帽子を　ぬいでさへ
一はやっぱり　富士の山

山が背くらべをするという話で有名なのは『万葉集』巻一にある中大兄皇子の三山の歌である。「香具山は　畝傍をし（注、愛し、一説に惜し）と　耳成と相争ひき　神代より　かくにあるらし（注、こんなふうであるらしい）…」これは大和三山の妻争いの伝説をもとにしている。「諸国の名山の背競べ伝説」（柳田国男）は各地に伝えられ、特に、近江国坂田郡と美濃国不破郡との境にある山がその高さを競って聳えているので、その付近を長競という地名伝説として残っている。また、越前国坂井郡丸岡町（現、坂井市）に丈競（たけくらべ、たけきそひ）山という、名そのままの山もある。この歌は富士山とその周辺の山が競うという捉え方であるが、富士山の対手は『曽我物語』の愛鷹山、柳田国男の『一目小僧その他』に紹介する浅間山、筑波山、鳥海山、白山など数多くある。「背くらべ」の作者はこのような伝承が念頭にあって、地元の富士山を持ち出した。柱にもたれて背丈を計ってもらいながら、弟は四方の山なみを望み、富士山がひときわ高かったという。山どうしの背くらべは富士山が飛び抜けて高い。同じように、四人兄弟の背くらべも兄が一段と高く立派である。富士山のように大きく、気高くなりたい、ということは兄のように大きくなりたいということである。ここまで考えると、第一連の「羽織の紐のたけ」は一昨年の自分の身長と比べているのではなく、あくまで一昨年の兄と比べて、兄の「羽織の紐」の高さまでしか伸びなかった弟の心を歌い、兄を強く意識していると捉えた発想と整合する。第二連は後になって付け加えたものであっても、二連を共通して背くらべ、長（たけ）（丈）競いであると理解しなければならない。

構想と主題

この歌を作った動機、発想や構成については既述の通りで、「羽織の紐のたけ」を高さと考えることによって、統一的に全体の流れを理解することができる。長さであれば、背くらべの本旨、兄との競争心などによる弟の位置づけが弱くなり、全体として構想にまとまりを欠いてしまう。この歌の成立事情を知らずに、この歌だけで解釈すれば、兄弟の愛情が溢れた子供の世界における弟の兄への信頼と競争心が主題になろう。しかし、成立した内実を知った上で解釈すれば、兄の弟へのやさしい愛情、それにこたえる弟の無邪気な心が中心となる。もちろん、どちらも正しいけれども、力点の置き方が変わってくるだけである。池田小百合は、「弟のいじらしさがあふれてくる」（前掲書）として、弟の心情を読み取っている。前述の童謡集は海野春樹の次女、海野万万恵によって復刻された（『産経新聞』平18・5・4）。これに表紙絵も出ていて、万万恵は「時代は変わっても兄弟を思いやる心は変わらない」と語る。子供の成長を祝う端午の節句にふさわしい歌といえよう。

5　ちいさい秋みつけた

サトウハチロー 作詞
中田喜直 作曲

誰(だれ)かさんが　誰かさんが
誰かさんが　みつけた
ちいさい秋　ちいさい秋
ちいさい秋　みつけた
めかくし鬼さん　手のなる方へ
すましたお耳に　かすかにしみた
よんでる口笛　もずの声
ちいさい秋　ちいさい秋

ちいさい秋　みつけた

誰かさんが　誰かさんが
誰かさんが　みつけた
ちいさい秋　ちいさい秋
ちいさい秋　みつけた
お部屋は北向き　くもりのガラス
うつろな目の色　とかしたミルク
わずかなすきから　秋の風
ちいさい秋　ちいさい秋
ちいさい秋　みつけた

誰かさんが　誰かさんが
誰かさんが　みつけた
ちいさい秋　ちいさい秋

ちいさい秋　みつけた
むかしのむかしの　風見の鳥の
ぼやけたとさかに　はぜの葉ひとつ
はぜの葉あかくて　入日色
ちいさい秋　ちいさい秋
ちいさい秋　みつけた

作品の成立事情

この歌は昭和三十年、ＮＨＫ放送記念祭「秋の祭典」のために一流の作詞・作曲家に創作歌謡を依頼して、サトウハチロー（明治三十六年―昭和四十八年）がその一人に選ばれたことによる。この時、サトウは戦後、「リンゴの歌」（昭和二十一年）、「夢淡き東京」（同二十二年）、「長崎の鐘」（同二十四年）など、大衆的な歌謡曲を作ってきたことを省みて、もう大人の歌は書かない、子供のための歌をつくりたいと考えていた。それでもいいかと了解を得てから、あまり気が乗らずに作詞に取り掛かったという。作曲はサトウの希

83　5　ちいさい秋みつけた

望で中田喜直（大正十二年―平成十二年）に依頼し、当日に登場した歌手は何と、十三歳の少女、伴久美子であった。その七年後、昭和三十七年、ボニージャックスが歌って、大ヒットして、同年、日本レコード大賞を受賞し、広く知られるようになった。この歌はその後、子供の童謡というより、むしろ大人の合唱曲として好まれ親しまれてきた。このような成立の経過と背景から考えても、これは童謡でもあり歌謡でもあって、子供も大人も歌える童謡的な歌謡という不思議な特徴を持っている。このことは以下、歌詞の分析と解釈を重ねることによって明らかにされよう。また、前もって断っておくが、この歌は確かに、やさしく温かい情調の流れる抒情詩で、曲調は心が洗われるような歌である。しかし、詩としての内容は難解で不明確な部分があり、語法上の誤りやちぐはぐな構想も見られ、上出来とは言えない面もある。

「誰かさん」「ちいさい秋」とは

誰かさんが…、ちいさい秋…、みつけた

最初の歌い出しで「誰かさんが」と「ちいさい秋」がそれぞれ三回繰り返されるが、同

じ語の反復はわらべうたの基本的な型で、畳み込むように重ねてリズム感を出し、漸層法的に心に印象づけていく。しかもこの三回というものは童話や昔話によく出てくる展開の定式であり、二度ではもの足りず、四度では多過ぎて、三度がほどよくまとまり、これで十分、多数を意味する。では、「誰かさんが…みつけた」とはどういうことだろうか。「誰か」とは名前の分からない不特定の人を漠然と指している。これに「さん」がついて、「どなたさん」「どこさん」「あちらさん」などの表現と同じく、丁寧に穏やかに言っている。誰それと、一人の個人をはっきり言うまでもなく、誰でもが、多くの人がという意味で、「ちいさい秋」が自然に、何となく「みつけ」られた、感じられたというのであろう。自発的にそのように思われた、誰もがいつの間にかそんなふうに受け止められたという、ぼかした表現である。この発想は物事がおのずから進んで、そのようになっていくという、日本人特有の捉え方である。

では、「ちいさい秋」とはどのような秋をいうのであろうか、理論的には次の通り三つ考えられる。

①かすかな秋、しのびよる秋の気配、ふと気づく初秋のきざし、秋が来たと僅かに感じられる情趣である。

②ささやかな秋の風景、ちょっとした秋らしい気分、ふと感じたさりげない秋たけなわの風情である。

③秋を全体的な構造として捉えて、こじんまりした秋の景色、小さくまとまった秋の風物とも考えられる。これは夏が感覚的に力強く大きく、冬も寒さの厳しさから大きいとも感じられることから、春はやわらかく小さい、秋はそれに準じて小さく引締っているという感覚で言うのである。

①は秋に入ったばかりで、秋になりきっていないという意味で小ささ、ふと感じた、さりげない秋の発見ということになる。これは例えば、古今集の「秋きぬと目にはさやかに見えぬども風の音にぞおどろかれぬる」と同じ心の動きと言えよう。②③は既に秋は来ており、その中で秋らしい兆候、しるしを感じたのである。

この三つの解釈のどれが正しいであろうか。歌い出しの詩句、特に「誰かさんが」に注意すると、①のように初秋を感じ取ったとするのがよい。しかし、第二、三連の具体的な秋の情景の描写を見ると、秋の入口ではなく、むしろ仲秋から晩秋、冬に近い様子も描かれている。となると②か③になり、全体の構成を考えると、日常の何げない、ちょっとした風景から秋らしさを感じたのであり、②がふさわしいということになる。「ちいさい秋」

という捉え方が詩人の鋭い、個性的な表現として光っているのに、その内実は初秋の気分から始まるようで、実際は晩秋の情景という点で、構想の上では難点がある。

この歌に対する世間一般の受け止め方はどうであろうか。これは作者の意図を離れて、実は①と解釈されているのである。新聞記事の実例によって示せば、「猛暑の中にもちょっぴり秋／立秋の日。満開のコスモスが風に揺れ、小さな秋を感じさせる／ここだけはひと足早く秋の気配が漂う」（京都、平7・8・8）。「夏の残像　茜に染まる／残暑が続く中、秋は一歩ずつ近づいている／洛北周辺で見つけた『小さい秋』」（同、平7・9・4）。「小さい秋見つけた／大阪・御堂筋のイチョウ並木に、ギンナンが実り始めた」（毎日、平15・9・2）。「萩という『小さい秋』に出会える／『いよいよ秋ですよ』とささやいているようで心が和む」（京都、平18・9・13）。このように、この歌の歌詞を読解せずとも、自然に「ちいさい秋」は夏の終わり、秋の始まりの風景であって、「見つけた」という行動がこの情趣によく合っている。また別に、第一連を「秋の気配、秋のはじまり」とし、第二・三連を「（歌う者の）感傷が秋の季節感とも結びつく」として（宮川健郎『日本の童謡』國文學臨増、平16・2）、明確に言っていないが両者を分離して解釈しようとする考え方もある。しかし、この論法はやや論理的に分析して済まそうとする姿勢がある。作者はそこまで考え及んでいるだろうか。

筆者が右の②が適切と結論づけた解釈は、作者の次男で、岩手県北上市のサトウハチロー記念館長の佐藤四郎が『唱歌・童謡ものがたり』（平11）で、次のように語っていることで裏付けられた。「この歌ほど独り歩きした作品はない…その扱われ方は詩人にとって必ずしも喜ばしいものではなかった…しのびよる秋の気配でも、まして全山紅葉の秋でもない…ハチローが我が家で見つけた自分だけの秋。それが、〝ちいさい秋〟」という。「自分だけの秋」だから、ささやかで小さいと言うのであろうか。しかし、作品は一度、作者の手を離れると、創作意図に拘わらず、読者の解釈に任せられる。この歌を右の①に解されやすいことをむげに批判することはできない。というのは、前述の通り、この歌自体に誤解されやすい表現と内容があったのである。特に先に言った「誰かさんが」を三つの連に三度ずつ繰り返していることから、「自分だけの秋」を「みつけた」と解することには無理がある。誰もがということは広く一般化、普遍化した表現であり、自発的に自然に、ふと誰かによって、つまり誰もが見つけられたということなのである。

「かすかにしみた」「よんでる口笛」とは

めかくし鬼さん　手のなる方へ
すましたお耳に　かすかにしみた
よんでる口笛　もずの声（第一連）

これは秋の一日、外で子供達が目隠し鬼の遊びをしている風景である。目隠しされた鬼はほかの子供達がここにいるぞと手をたたいて、鳴らす方向にじっと耳を澄ましている。たったひとりの、静かな沈黙の時である。しんとしたひととき、何が「かすかにしみた」のだろうか。文脈から言って、ひんやりした「ちいさい秋」の空気が「鬼さん」の身に「しみた」のである。次の「よんでる口笛　もずの声」が「かすかにしみた」のではないが、一瞬、そのようにも取られかねない。ここは、真暗な中にひとりいる不安な「鬼さん」の気持ちが、「かすかにしみた」によってより強く表されているのである。

次の「よんでる口笛　もずの声」も簡単なようで難しい。これは文構造の上から言えば、「よんでる口笛（が）もずの声（のやうである）」というふうに主語述語の関係で捉えるのが自然である。つまり、鬼を呼んでいる子供達の口笛がまるでもずの声のように響いているということになる。しかし、隠れ潜んでいる子供達は鬼に見つからないようにじっと息を潜めているのであって、口笛を吹いて位置を知らせることはもとよりしない。また、子供の口笛がキーイッと鋭く、引き締まるように鳴くもずの声のようだとも考えにくい。そこで、作者の内弟子で、旧宅を改造した東京の本郷にあるサトウハチロー記念館の管理人である宮中雲子に問い合わせたところ（平5・1）、「つかまらないように静かにして鬼の動きを待つ。このときの澄ました耳に、鬼にもそうでない子にももずの声が響いた」、その「もずの声を、呼んでる口笛と表現したもの」という教示を得た。つまり、「よんでる口笛（のように）もずの声（が響いてきた）」、あるいは「よんでる口笛（のような）もずの声」というのである。となると、前の「すましたお耳に」の気分が後にまで影響していることにもなる。ここで、聞えてくるのは「もずの声」であって、比喩として表された「よんでる口笛」ではなくなる。以上の解釈は構文的、文法的に無理である。この二語は前述の通り主述関係と取るのが自然であって、比喩を表す修飾語とは考えにくい。また、主述が倒置していると考えると、「よんでる口笛、もずの声（が）」と主格の助詞を補って表す必要がある。また、この二つの語を並列格とするのも意味から言って考えられない。とにかく、この部分は文法的に破格であり、気分的に歌っているだけではそれでもいいだろうが、詩的表現としても作者のひとりよがりな姿勢が反映していると言ってよいだろう。

「くもりのガラス」を比喩で描くと

おへやは北向き　くもりのガラス
うつろな目の色　とかしたミルク
わずかなすきから　秋の風（第二連）

この詩句も作者についての予備知識がなければ難しく、詩の作品だけを取り上げて考えると、いろいろな解釈が可能になってくる。まず「くもりのガラス」とは何か。もともと曇っている磨(すり)ガラスか、外が晩秋の夕暮れで薄く曇っているのか、あるいは作者の心象風景であるのか。また、「うつろな目の色」とは何か。作者の目が元気なく、どんよりしている、曇ったガラスの色、秋の暮のぼんやりした雰囲気などが考えられる。次の、「とかしたミルク」とは何か。曇ったガラスが溶かしたミルク色をしている、作者の目の色がうつろでどんよりしている、子供が風邪をひいて目がとろんとしていて元気がないので熱いミルクを飲む、秋のことをさわやかという意味で「白秋」というので、その関連で秋をミルク色に表した、などがさまざまに考えられる。このように、この三句の意味がはっきりせず、これらを組み合わせると多様に解釈できる。結局、秋の夕方の風景と気分を実景として描いているか、擬人的に描いているかということであり、全体として共通することは情景と印象風景とを重ね合せて表しているということである。

このままでは解決できないので、これについても前述の記念館に尋ねたところ、大意は次のようなことであった。作者は若いころから画家に憧れ、自分の家にアトリエを摸した部屋を作り、仕事部屋にしていた。画家のアトリエは光線の動きが少ないことが望ましいため、窓は北向きで、曇りガラス（磨ガラス）にするというわけで、作者の部屋もその通りであった。その曇りガラスはうつろな目の色のようで、まるでとかしたミルクの色のようであった。答えは意外に簡単で、あっさりしていた。「くもりのガラス（が）、うつろな目の色（のようで）、とかしたミルク（のようで）」という比喩を使っていたのである。文法的に言えば、主述関係で、述格の二語が並列格ということになる。一つのことを表現するのに、いろいろな語で置き換えていく手法は作者の好んだ表現であるという。

言われてみれば極めて平凡で即物的、現実的な内容で、右の筆者のあり得る諸解釈はすべて考え過ぎであったということになる。しかし、この詩全体に流れる情調を考えると、晩秋の夕方、室内にいる作者（主人公）の心境をだぶらせて解釈するのが自然であろう。右の三つの詩句を実景であるとともに、作者（主人公）の心情の反映として考えるのである。一体に詩を解釈、鑑賞する場合、作品の背景や作者の生活を事実として知らなければ解けない詩は名詩とは言えまい。作者の現実や意図を離れて、作品は読者に委ねられ、新しい解釈が生まれてくる。この詩は「ちいさい秋」を詠むのに、かなり主観的、個性的な自己満足に陥っていると感じられてくる。なお、次の「わずかなすきから　秋の風」は「くもりのガラス」の隙間から冷たい風が洩れて入ってくることが簡単に分かる。

以上、一・二連を通して考えると、第一連が戸外の子供の風景で、元気で明るい雰囲気であるのに、第二連は一転して室内のやや暗く、わびしい風景と憂えを堪えた感傷的な大人の心境が描かれている。喜早哲が「泣きたいようなパストラル（注、牧歌、田園詩）、そしてエレジー（注、悲歌）の香りが散りばめられている…冬へのおののきが歌っている人、聴く人の心を淋しくさせてくる」（『日本の抒情歌』）と言うのは、主として、この第二連に関して言えることである。

「はぜの葉」ひとつの心の風景

むかしのむかしの　風見の鳥の
ぼやけたとさかに　はぜの葉ひとつ
はぜの葉赤くて　入日色（第三連）

この情景は晩秋の紅葉で、内容はとりやすい。一般的に二階の作者の部屋から見た風景とされ、今も庭に黄櫨（はぜ）の老木がある。「風見の鳥」は作者の家にはなかった。これは虚構として付け加えた詩的な心の風景（心象）を表し、「かつての東京で、教会など西洋館にあった〝風見鶏〟をイメージしたもの」（宮中雲子）であろう。ここでは戸外に出て庭から家を見上げていると考えてもよいが、そこまで取らずに作品そのものを味わうだけでいい。「風見の…ひとつ」は、「とさかに」一枚の葉が貼り付いているのか、あるいは「とさか」を一枚の葉と見立てたのか、「ひとつ」の具体的な表現から前者と解すべきである。こうして秋の終わり、冬に近いわびしさ、心細さが感じられてくる。「むかしのむかしの」と「はぜの葉ひとつ　はぜの葉赤くて」の繰り返しはリズム感を漂わせて、快い調子になっている。「赤くて　入日色」で紅葉とともに、夕焼けまでを暗示するようである。ちなみに、平安時代後期に成立した『金葉和歌集』（巻三、秋）に藤原仲美の「もずのゐる櫨の立枝のうす紅葉たれわがやどのものと見るらん」という歌がある。晩秋の風景として変わらぬものがある。

視点と構想の問題点

全体を通して、第一連は子供の動きがあって、童謡としてふさわしい。第二連は子供ではなく、大人の視点で詠まれていて、子供が出て来ない。大人も子供も歌える歌を目指したと言われるのはこの意味であろうか。第三連はその中間であるが、第二連の沈んだ暗い気分は童謡として好ましくないと言ってもよいだろう。また、前述の「だれかさんが…ちいさい秋…みつけた」の三連に共通するリフレーンの枠組みと、各連の内容が必ずしも整合していない。しかも「だれかさんが…みつけた」と客観的、一般的に冒頭で言いながら、特に第二連は「だれかさん」どころか作者自身しか表し得ない主観的、個人的な表現で、この点に食い違いもある。あるいは「だれかさん」は作者自身のことを第三者的に朧化して、気取って言ったとも考えられる。このように、やさしく簡単な童謡のように見え、作曲が優れているだけで、本当は作者の身勝手な強い癖が出た詩に過ぎない。喜早哲の言うように「童謡というより歌曲の中に入れてもよい作品」（『日本の抒情歌』）である。その歌詞の正しい解釈については以上のような複雑な手続きを踏まなければならなかった。

6　かごめかごめ

不明　作詞
不明　作曲

〈歌詞〉

かごめ　かごめ
かごの中の鳥は
いついつ出やる
夜明けの晩に
鶴と亀とすべった
うしろの正面だあれ

〈復元形（推定）、末尾の二行は行智『童謡集』〉

かがめ　かがめ
かごの中の鳥は
いついつ出やる
夜明けの晩に
つるつる　つきはいった
（つっぱいった→つっぺえった）
なべのくそこぬけ
そこぬいてーたーァもれ

かごめかごめ

（千葉）

かーごめ　かごめ　かごのなかの　とりは

起源と成立

わらべうたとして全国に分布している「かごめかごめ」の発生を探るのは容易ではない。その起源は、今から二百数十年前に溯れ、安永八年（一七七九）、市場通笑作の黄表紙『かごめかごめ籠中鳥』が本文に付して遊戯図を載せている。江戸中期、十八世紀中頃には既に行われていたのであろう（後述）。次の天明八年ごろ（一七八八）に大田南畝（蜀山人）の『四方のあか』の「児戯賦」に「つるつるといる（注、入る）名にめでて、籠目籠目とうたふ」とあり、歌いながら遊んでいたことが分かる。歌詞を掲げる文献で古いのは寛政九年（一七九七）序の太田全斎の辞書『諺苑』（後に、同書が改編された『俚言集覧』。行智編『童謡集』文政三年（一八二〇））。このように、江戸後期、十八世紀後半に江戸で行われていた。『雑俳語辞典』には次の用例が採録されている。「蓋置きはかごめかごめの唐子にて」（寛政二年（一七九〇））、「かごめかごめかがむと鍋の底が抜け」（享和二年（一八〇二））、「籠目籠目ですりむいた灸」（文政二年（一八一九））。

また、文政六年に江戸で興行された清元『月花茲友鳥』（通称、山姥）は富本節の『母育雪間鶯』（文化二年（一八〇五））の改作で、子供が出て来て、わらべうたを歌って遊んでいる。それは「子を取ろ」「かごめかごめ」「お月さんいくつ」で、母と子が仲睦まじく語り合う。また、文政三年ごろ、四十三歳の行智が「いとけなき時うたひてあそびたるをおもひ出して、書附」けた『童謡集』（『童謡古謡』）にも収め、年齢から逆算すると、前記の文政のころと一致する。さらに、嘉永元年（一八四八）に興行された常磐津『薪荷雪間の市川』（通称、新山姥）は、『四天王大江山人』（通称、古山姥）の改作で、前述の『月花茲友鳥』と本文が類似して、三つのわらべうたが同じように歌われている。この作品は「数多く作られた江戸の所作事の山姥中、最も世に知られた曲である」（『歌謡音曲集』）。その後、「錦絵一枚摺のおもちゃ資料」である『しん板子供哥づくし』（歌川芳藤画、明16）、『新板子供哥づくし』（歌川国あき画、明18）に歌詞を含めてそれぞれに遊びの絵を付している

市場通笑「かごめかごめ籠中鳥」
（『日本の童謡』國文学臨時増刊号第49巻第3号、平成16年2月、學燈社より）

万亭広賀「幼稚遊昔雛形」
（『日本の童謡』國文学臨時増刊号第49巻第3号、平成16年2月、學燈社より）

（小野恭靖『絵の語る歌謡史』）。明治三十四年に刊行された大田才次郎編『日本全国児童遊戯法』に東京、下総、上野、伊勢のものが収録されていて、広く普及していたことが分かる。以上のことから、この歌は江戸後期、十九世紀前後に江戸を中心に関東に及び、後に全国に流布したといえよう。

ここで問題は、この歌詞が江戸のころと現行で変化しているということである。従って、その遊戯の仕方も異なる。古くは（以下、古調と称す）終わりの部分が「鍋の鍋の底抜け、一升鍋の底抜け、底を入れてたもれ（注、ください）」（『諺苑』）と歌い納め、くぐり抜ける遊びであった。それが明治十八年の岡本昆石編『吾妻余波（あづまのなごり）』、前掲の『日本全国児童遊戯法』から、一人がしゃがむ姿となり、歌い方も遊び方も変わっていった。古調のくぐり遊びが、「中の中の小仏は」「坊さん　坊さん何処（どこ）行くの」の人当て遊びと複合されて、現行の「かごめかごめ」ができたのではないかという推測も成り立つ。『かごめかごめ』は常に『子とろ子とろ』と同時に歌われていたことも、（人当てと鬼遊びの――引用者注）関連の深さを考えさせてくれる」（竹内道敬「わらべうた考」『金田一春彦博士古稀記念論文集三』）のである。本書はこれらの歌の由来と関連、変遷を追究することが主題ではなく、時に古調の歌詞を参考にして考察するが、現行の歌詞と遊びを中心に言語面から子供の発想と意識を探ろうとする。また、最近、「かごめかごめ」の語句の不思議な印象、歌詞に漂う一種の暗さと意味の不可解さから謎解きのような好奇心で歌を判断しようという傾向がある。当然この方法は排し、国語学の立場から国文学、民俗学の視野も入れて、解釈し、考証していく。

岡本昆石「吾妻余波」
（『日本の童謡』國文学臨時増刊号第49巻第3号、平成16年2月、學燈社より）

わらべうたの解釈の基礎

わらべうたを読解し、解釈する基礎として心得るべきことについてまず述べる。①わらべうたは遊戯（動作）を伴う遊び歌であり、歌詞の基盤、背後に身体の動きを考えなければならない。机上の推論でその中身に達することはできない。②従って、子供の動き、子供の思いつきによって歌詞の言葉が表現される。伝承されていくうちに、子供にとって身近で、分かりやすいように解釈が入って、転化、変形していくことが多い。そこに大人の論理ではなく、子供の論理や心理を考えなければならない。③しかも、わらべうたは一人の遊びではなく、集団の遊びである。そこには多人数対一人、つまり一人の鬼に対して、複数の者が問い掛ける問答体で進められる。一種の掛け合いであり、その対決、会話によって物語が運ばれていく。④同じ語を繰り返すのは幼児言語の特色であり、わらべうたにもこの種のものが多い。そのようにして、意味が理解しやすく、同時に韻律がよく整い、身体の動きに調和していく。⑤これが定式化すると相手（鬼）に語り掛け、呼び掛け、囃し立てる囃し言葉が生まれてくる。この語句は普通、冒頭に表され、歌全体の基調の響きさえ醸し出す。例えば、「ねんねんころよ」「凧、凧あがれ」「ホーホー蛍こい」など、歌の題として定着するほどその語句が慣用的な熟語句として定着する。⑥このことから「かごめかごめ」の冒頭句の「かごめ」は体言として の物を指すのではなく、用言として働きかけていることが分かる。とすると、「かごめ」

は「かごむ」の命令形であり、鬼に対して命令の口調で吹っ掛け、行動を促していると予想される。

語句の考証と解釈――「かごめ」とは何か

かごめかごめ

「かごめ」は柳田国男によれば「身を屈めよ」「しゃがめ」であり（『小さき者の声』）、現在、通説になっているが、一方、「囲め」という説もある（『日本国語大辞典』第二版）。前者は現行の歌詞、後者はおおむね古調によっているが、古調でも前者で解せないことはない（後述）。ここではまず、カガメがなぜカゴメに音が変わったのか、従来、説明されていなかったことを論証しよう。

上代にカガムの明証はないが、カガマル、セ（背）カガマルがあり、これはカガムの情態言（動詞の未然形相当の形で、そういう情態を表す句。阪倉篤義『語構成の研究』）カガマに動詞語尾ルがついたものである。後に、カガマヤカもでき、カガマは生産的な語基（語の基幹部をなしている要素）であった。一方、カガムの母音交代によりクグム、クグマル、ク

「切り絵でつづる昭和ひとけた京育ち」
（「京都新聞」平成7年3月30日より）

グセ（背）、ググモルも生まれた。カガムは基本的には手や足が折れ曲がって伸びない状態、また、意識的に身を折り曲げることも表し、自動詞的、他動詞的の両方の意味があった。さらに、コゴル、コゴシという凝り固まっている状態を表す語も派生した。中世からコゴムという動詞も使われた。このように、カガ、クグ、コゴというカ行・ガ行音で成り立った語基に折れ曲がる、折り曲げるという共通した意義素を見い出すことができる。

ここで、カゴムという語は古語として確認できないが、方言として各地にあることに注意すべきである。薩摩、大隅、都城、延岡でカガムことをカゴムといい（上畝勝『九州方言辞典』上、原田章之進『宮崎県方言辞典』、瀬戸山計佐儀『都城方言集』）、長崎ではカンゴという（東条操『全国方言辞典』）。また、島根でもカゴム、カゴメルが用いられる（広戸淳、矢富熊一郎『島根県方言辞典』）。中国・四国以西で、カガンダをカゴウタというところがあり、カガムことをカゴムという（金田一春彦『童謡・唱歌の世界』）。このカゴウタは「眉がまたかがうだ。鉤眉(かぎまゆ)で候もの」（狂言「今参(いままゐり)」）で、折れ曲がっている、かじかむという意味で使われている。このことから、カゴムという語の存在を古い時代に想定することはなお可能であろう。

西日本に分布するカゴムの主な意味は『全国方言辞典』『日本国語大辞典』第二版によると、①隠れる、②礼をする、③手足がかじかむ、に要約できる。①隠れるは身を屈めてじっとしていること、②礼をするは身を屈めて低い姿勢になることで、『華厳音義私記』にある「曲身低影」の「曲」をカガマリと訓む（『時代別国語大辞典上代編』）。③手足がかじかむは前述の狂言の通り、折れ曲がったようにごつごつと凝り固まるという意味である。このように、カゴムはカガム、カガマル、コゴムと共通して、身体またはその一部が折れ曲がって縮こまっている、また、そうするという意義を内包している。

カゴムと同じ意味で近世より広く用いられた語にシャガムがある。これを訛って各地の方言として、シャゴム、シヤゴム、ショゴム、チョゴムなどが使われる。このシャは音の崩れた、やや侮辱するような卑俗な語感が伴うが、カガムからカゴムの変化と対応して、シャガムからシャゴムへの変化が見られる。

このカガムからカゴム、シャガムからシャゴムは母音aとoとの交代による。これは例えば関西地方でタタム（畳）―タトム、ハサム（挟）―ハソムの交代がある。また、母音交代により意義が分化した例として、ツマル（詰）―ツモル（積）、シバル（縛）―シボル（搾）、オサフ（押）―オソフ（襲）、カカフ（抱）―カコフ（囲）が見られる。

先に、カゴメをカコメ（囲）と考える説があると述べた。このカコムの元の形はカクムであり、「ある一画を占め構えること」という意義のカク（懸）を語基として、カクフ、カクム、カカフ、カコフという動詞を派生した（阪倉篤義『文章と表現』）。古調の遊びでは、鬼を輪の中に立たせて、輪を組む子供らは鬼の後ろ向き、つまり外に向かっている。鬼を囲み、包囲するのではなく、鬼の周りを守るように取り巻いている。カクムの原義通り、鬼のいる場所を「占め構える」ことになる。古調のカゴメを「囲」と解するのは（尾原昭夫、『日本の童謡』國文學臨増　平16・2）、カゴメを現代的に解したのであって、これでは中にいる鬼に言ったことにはならない。外に向かって構えよと、輪になる子供らの掛け声と理解するのが自然となる。とすると、わらべうた本来の問答形式の型にならない。また、尾原は江戸時代のこの遊戯の資料に、しゃがむ姿勢は見られず、鬼は立っているという。この事実はカゴメを「しゃがめ」と解する説を否定することにはならない。なぜなら、立っているからこそ、坐って身を屈めよと鬼に注意して指示していると取れなくはないからである。この考えは輪の子供が鬼に対して後ろ向きではあるが命令していることになる。先に引用した雑俳の「かごめかごめかがむと鍋の底が抜け」はカガムの意味の関連を示していることを想起すべきである。なお、カコムは中世にカゴムと第二音節を濁ることもあった。しかし、これはそれほど広がることなく、カゴメを囲めの意味で濁音で言ったと、この用例から断定することはできない。古調の歌詞であってもカゴメを身を屈めという意味に解する余地は十分にあるといえよう。

さて、「かごめかごめ」の歌詞は子供の身体運動に適った快い調子の語句である。この説明が従来されていないので、ここに付記する。この語句は一般的に「カァゴメ、カゴメ」と発音する。この韻律を図示すると「カァ―ゴメ〓カゴ―メ○」であり、最初の「カ」は長音、最後の「メ」の次の「○」は休符を意味し、一拍分の休止がある。この韻律は二拍と二拍を重ねて四拍であり、四拍子が国語として最も安定した基本的なものである。これが日本人の身体の動き、例えば、農作業における手の動かし方と合致していることは既に指摘されている（別宮貞徳『日本語のリズム』）。この言葉の基調が輪になって廻る子供の遊戯のリズムに快く響き合っているのである。

かごの中の鳥は

「かごめ」が身を屈めという意味であることが分かると、後の解釈は容易に導かれていく。「かごめかごめ」と「かごめ」を二回、四拍子で繰り返すと、頭韻の滑らかな音調から二つのことが連想、想像される。まず「かごめ」を「籠目」、即ち籠の網目と解釈し、輪になって廻っている形が「かご」であり、その「かごの中」、つまり輪の中と続けたのである。次いで、「かごの中の鳥」を思ひつき、それを大勢の子に囲まれ屈んでいる鬼に擬した。この連想を助けたのが、「かごめ」がつばめ（つばくらめ）、すずめ、かもめなど子供に馴染みの深い鳥と同じ語構成で、いかにも鳥らしい名前であることである。「かもめ」を方言で「かごめ」という地方が多くあることはその傍証になる。同音の言葉による連想作用であり、子供にとって一種の言葉遊びといえる。

いついつ出やる

「出やる」の「やる」は中世から用いられ、もと「ある」で、軽い敬意や親愛を表す補助動詞である。ぐるぐる廻る輪の中からいつ出るのかと鬼に尋ねている。「いついつ」の繰り返しが、前の「かごめかごめ」と対応して、ゆったりした時間が流れている。「かごめかごめ」が囃し言葉で遊びの世界に入っていく一種の呪文、続いて「かごの中の…出やる」が鬼に対する問いかけで、その答えは次に期待されることになる。

夜明けの晩に

柳田国男は「夜明の晩などといふあり得べからざるはぐらかしの語」（『こども風土記』）と言うが、はたしてそうだろうか。この表現は難解らしく、小野恭靖は次のように説明している。「助詞『の』の用い方が何か重大なことを省略して縮めてしまったような違和感を与える…『夜明け』と『晩』は本来まったく異なる時間帯であって、『夜明けの晩』などという言い方はありえない。これを無理に『夜明けに近い夜』などと考える向きもあるが…意味に矛盾が生じる…一種の言葉遊びである」（『子ども歌を学ぶ人のために』）。

以上の考え方は「の」を形式的に格助詞と考えたために、十分な解釈に至り得ることができなかった。「の」はもともといろいろな語につきやすく、関係を構成する意味の内包が広い助辞であり、ここは時枝文法でいう指定の助動詞である。例えば「絶えむの心」（万葉集）、「わが妹の姫君」（源氏物語）、「夢の世」、「懐かしの古里」など、古くから用いられてきた語である。ここは「夜明けである晩」という意味である。子供にとって朝とは太陽が輝き始めて明るくなってからのことであって、まだ薄暗い明け方は夜にほかならない。これは例えば、大人になっても「昨日、夜の二時に寝た」の「昨日」は本当は「今日」のことであるのに、感覚的に「昨日、昨晩」のように感じることと共通する心理である。さらに、輪の中で一人で屈んで目を押えている子にとっては暗い一時で、晩のようであり、恐しい世界であろう。暗い闇に対する子供の本能的な脅えの気持ちが表れていると見るべきである。従来の解釈は大人の理窟の感覚で考えたために十分に理解できなかったのであり、これを子供の心になって解さなければならない。

鶴と亀とすべった

いきなり「鶴と亀」が出て来て、「すべった」では何のことか分からない。ここは先に述べた『諺苑』『童謡集』にある元の形「つるつる　つっぺえった」に戻して考えなければならない。この「つっぺる」は現代でも関東地方を中心に方言として使われ、その主な意味は、入り込む、落ち込むである。これと同じ意味で「つっぱいる」があり、近世にも使われ、今も方言として残る。この両語から考えると、この原形は「突き入る」で、突進するように勢いよく入っていくことをいう。「はいる」を江戸語で「へえる」というのは、例えば「知らない」が「知らねぇ」、「ひどい」が「ひでぇ」に音が崩れてエ母音に変化することと同じである。つまり「つきはいった」が音便で「つっぱいった」になり、それが「つっぺえった」に転訛したのである。この部分は「いつになったら輪の外に出るのか」と問われたものの、直接に答えず、不本意にも「つるつる」と、籠の中、輪の中に入り込んでしまった、今となっては仕方がなく、何ともならないと泣き言めいたことを言う。ただし、ここでは鬼は一言も発しない。鬼の立場からの発言を輪を廻る子供が代わって答えているのであろう。これを古調では「むりやり入り込んだよね」と口語訳している（前掲、尾原昭夫『日本の童謡』）。これは輪を廻る子が鬼の心を推し量って説明し、自問自答していることになる。どちらにしても同じことで、入りたくないのに突き入るように入ってしまったという、鬼の残念な気持ちまで読み取ることが肝要である。

以上の解釈に異説がある。多田道太郎は『つるつるつつはいた』がオリジナルに近いとすれば、あるいは『筒はく』という意味だったかも知れぬが、これは当て推量」という（『遊びと日本人』）。この用例は前述の清元によると思われるが、「つつはいた」という表記は、「つ」の二字目が促音便の「っ」（現代では小さく表記するが、当時は大きく「つ」と表した）、また、「い」の次に同じく現代なら「っ」が入るが、当時は無表記であったのであり、「つっはいった」の「は」の半濁音「ぱ」の表記も当時はなされなかったことを考えると、何ら問題はない。また、松永伍一は入るのとは逆に、「抜け出て行く、外に逃げる」と判断する（『ジュニア版わらべ歌』）。これは現行の一般的な輪になる動作ではなく、二人の子供が対面して手を握り、その中に鬼がしゃがみ、歌が終わると同時にどちらかの手を上に挙げ、鬼が外に出る、古い形の所作の遊びに基づいているように思われる。しかし、古調ではこれに続けて「鍋の鍋の底抜け」で鬼が外に抜け出すのであって、鍋の底が抜けるように素早く外に飛び出すように鬼に促している。従って、既に外に逃げていたのでは、この歌詞の意味が成り立たない。

さて、以上は古い形の意味を考証したが、次に現行の「鶴と亀とすべった」はどのようにして成立したかを考察しよう。「つるつる」の擬態語は直前の同音の繰り返しが「かごめかごめ」「いついつ」に続いて三度目に及び、鳥の連想から鶴を思いついた。次に、鶴とくれば亀であり、「鶴は千年、亀は万年」のことわざ、また、不吉なことを見たり聞いたりした時に縁起直しに使う「鶴亀」など、めでたいものとして認識されてきた。また、わらべうた特有の対照的な言葉の妙があり、「つるつる」が「鶴と亀と」に解釈し直され、変形していった。次の古調の「つっぺぇった」は明治時代の子には分かりにくい言葉である。元の「つっぺぇた」は地方によっては「つーぺった」「つーぺーった」と歌いやすいように変わっていく。これが「すーべった」に変っていく契機はまず、元の「つるつる」につるっとすべる印象が漂う。それが「鶴と亀と」に具体化されると、そのものの特徴の連想に発展するのではないか。亀の甲羅はいつも水でつるつるしていて、また、岩の上でつるっとすべる感じがする。また、鶴はあまりに細い足で立っていて、風が吹くと、つるっとすべる印象になる。これを詠んだのが石田波郷の俳句「吹きおこる秋風鶴をあゆましむ」である（「鶴の眼」昭12）。これは上野動物園で鶴を見て詠んだものであるが、鶴の一瞬の生態をよく把んでいる。このような変化、変形は言葉の論理を超え、意味の作用とは無関係で、感覚の世界である。子供は意味を考えて遊んでいるのではなく、自分の知っている言葉に当てはめて物語の世界を造り、子供の立場で言葉のおもしろさとイメージの連鎖を喜び、リズムの良さを楽しんでいるのである。

うしろの正面

この語についても批判があり、小野恭靖は「あり得ない表現である。…『うしろ』は背面であって正面ではない。…矛盾のある日本語なのである」とする（『子ども歌を学ぶ人のために』）。このように決めつけることができるかどうか。大相撲で「向う正面」といえば、土俵の正面（北側）から見て南側のところで「裏正面」ともいう。正面の北側に向かって、その背後の正面である。「後ろの正面」とはしゃがんでいる鬼の後ろの場所の中で、鬼のちょうど後ろに当たるところを指す。正面はいわば「真ん前といふ正面」であり、一方、その反対の方向が「真後ろといふ正面」なのである。鬼の背後から言えばまっすぐ後ろのところ、「裏正面」をもじって言えば「後ろ正面」である。要するに鬼の背後の真後ろという意味で、特に不可解な言葉ではなく、子供として素直で自然な表現である。小野は「夜明けの晩」「うしろの正面」のように「矛盾のある日本語表現を駆使した歌であるところに、この歌の謎めいた魅力があり、多くの人々の心に残るものとなっている」と結論づけている。しかし、この歌の「魅力」は個別の限定的な言葉の使い方だけにあるのではない。上来、分析してきた言葉、表現の意味作用と感覚のはたらき、また、それに伴う遊戯などが総合されて不思議な世界を創造しているのである。

だあれ

「後ろの正面だあれ」と輪の子供が鬼に語りかけて、全員がしゃがみこむ。この句は明治になって付け加わったとされるが、やはり「かごむ」動作が一貫していることに注意すべきである。この問いに対して、鬼が輪の一人の子の名を答える人当て遊びで終わる。これを信仰的な神降ろし、口寄せの行事として起源を説いたのは柳田国男であった（『小さき者の声』）。村の青年団で一人のよりまし（憑坐）に神が降り、異様なことを口走りながら、どの地方が豊作かを答えることによって、村の豊作を占い、祈願する。この行事が子供に影響して、輪の中の子に神が依り憑き、その子は一種の催眠状態に入って、神懸りの状態になるという。現代の子がそこまで意識することはないだろうが、皆から切り離されて孤独の中に閉じ籠り、ぐるぐると声を掛けられ続けると、特異な精神状態に陥ることは十分に予想される。ここにもやはり、身を屈めて、じっとしゃがんでいるという身体動作が重要な要素を任っているのである。

現代語訳と主意

以上の語句の解釈を踏まえて、全文の意味が分かるように現代語訳すると、次の通りになる。

「かがめ、かがめ。籠の中の鳥のように輪の中でかがんでいる鬼さんは、一体いつになったら外にお出になるのか」「夜明けである暗い晩に、望まぬままに籠のような輪の中につるっと、まるで鶴と亀とがすべるように、入ってしまったよ」「では、真後ろに誰がかがんでゐるか当ててごらん。当ったら外に出られるよ」

このように解釈すると、この歌は決して意味不明瞭な歌謡ではなく、筋の通った劇物語になっていることが納得できよう。あまりに整い過ぎて読解したようにも思えるが、一語一語の分析を重ねて、子供の心理の趣を合わせ考えると、構成の一貫した文章になっている。古調（『諺苑』）では、前述の通り「出やる」の次が「鍋の底抜け」であり、中の子が外に出る動作を伴っている。この部分を通釈すると、次の通りである。

「鍋の鍋の底を抜かして外に出なさい。一升鍋の底をくぐって早く出なさい。底が抜けたので、次は元通りに底を入れて入って下さいよ」

尾原昭夫は「底抜け」を体言と考えて、「鍋の鍋の底抜けだ」と述語として口語訳している（前掲書）。これは結果の段階を言っているのだが、冒頭の「かごめ」と結末の「たもれ」と同じく、わらべ歌一般に命令形の表現が多く、それに対応した命令表現と解すべきである。黄表紙では「つっぺえった」ではなく、「つっぱいれ」と命令形であることを考え合わすとよい。こうして、この歌に伴う動作の主意は前者は人を当てる遊び、後者は人からくぐり抜ける遊びで、時代の移りに応じて前者に変化していったのである。

「籠の中の鳥」と「籠の鳥」

さて、この「かごめかごめ」の古調において、実は「籠の中の鳥」を遊女、子供の輪を廓と解して、輪の中の一人の子をそれに見立てる説があり、前述の黄表紙では既にそのように解釈している。この『かごめかごめ籠中鳥』三巻の表紙には鳥居清長画の遊女、その背景に吉原の見返り柳が描かれ、内容を示している。わらべうた「かごめかごめ」を材料にして、この歌詞をお松、お鶴の母子の身の上の物語として、解き明かすという趣向である。この物語はわらべうたを「応用」し(『水谷不倒著作集二』、棚橋正博『黄表紙総覧前篇』)、「こじつけ」つけたもの(中山右尚『日本古典文学大辞典』)であり、かなり曲解された創作物語である。しかし、少なくとも、当時、この歌をそのように解釈しようという意識と構想があったのであり、しかも「籠の鳥」という語句がこれより早く百年ほど前、延宝(一六七三―一六八〇)ごろから小歌に取り入れられて流行し、類歌が多い(小野恭靖『近世流行歌謡　本文と各句索引』)ことに注意しなければならない。

この小歌は『色道大鏡』の作者、藤本箕山(宝永元年没、一七〇四)が初めて作ったといわれる(野間光辰編著『完本色道大鏡』)。以下、例歌を挙げる。「籠の鳥かやあかぬ投節(なげぶし)」(浮世草子『浮世栄花一代男』元禄六年(一六九三))、「女郎は…籠の鳥かや恨めしや」(同『傾城禁短気』宝永八年)、「逢ひた見たさは飛び立つばかり　籠の鳥かや恨めしや」(『延享五年小歌しやうが(注、唱歌)集』一七四八)、これと同じ歌詞が『当世なげ節』（寛文から元禄、一六六一―一七〇三）にある。そのほか、近松門左衛門の浄瑠璃『丹波与作待夜の小室節』（宝永四年（一七〇七）ごろ）、『冥途の飛脚』（正徳元年（一七一一））、また、『山家鳥虫歌』（明和九年（一七七二））、福森久助（初世）の清元『其小唄夢廓』（文政元年（一八一八）没）ほか、川柳にも詠み込まれた。

さらに、改めて確認すべきことは「かごめかごめ」が決して子供の歌ではなかったと考えられることである。喜多川歌麿の浮世絵『葉男婦舞喜』（享和二年（一八〇二））で、男が女に襲いかかり、「つる〳〵はいった。つる〳〵はいったから、かめ〳〵と抜かふ」と、地口をたたいている。これは「かごめかごめ」を踏まえて、「つる」と「かめ」を対応させ、諧謔的に言っている。この歌の起源は意外なところにあったかも知れないのである。

ここで、時系列で一覧すると、歌謡の「籠の鳥」が一七〇〇年前後から始まり、黄表紙『かごめかごめ籠中鳥』が一七七九年刊、わらべうた「かごめかごめ」の初出が一七九七年ごろとなる。この百年以上の経過を見ると、互いに重なり合いながら広がっていったことが確認される。「かごめかごめ」の元歌は近世流行歌謡の、特に三味線を伴い、遊里中心に広がった歌謡の一種で古風で優美な曲節を持つ投節にあったという推定も成り立つ。さらに、明治三十三年の「東雲節」に歌われ、特に、大正十二年の千野かほる作詞の歌謡曲「籠の鳥」はこの詩句を使ったもので、翌年に映画化され、大流行した。このように歌謡の一部が取り入れられ、後の世に、復活していくのである。

「かごめかごめ」の起源が投節だとすると、「籠の中の鳥」が先に言葉、観念としてあって、それを輪の中の子に擬え、次に、「かご」の音の相通、連想から「かごめかごめ」の囃し言葉ができたことになる。しかし、その意味としては中で立っている鬼を外に出させないように、かがませようとし、また、「鍋の底抜け」はそこから鬼が出ようとする意味を示すと考えられる。さらに、推論を進めると、「鍋」は女陰、または、女性の異称として『誹風柳多留』二十一（天明六年（一七八六））、四十（文化四年ごろ（一八〇七））に使われ（『江戸語大辞典』）、「なべかま」は宝永四年（一七〇七）、元文元年（一七三六）の用例がある（『近世上方語辞典』）。これは前述の「籠の鳥」が流行していた時期と一致する。しかも、現代まで隠語として消えてはおらず、また、「おなべ」は下女、あるいは女性を卑しんで言う場合にも使われる。とすると、「鍋の底抜け」の句も新たな視点から検討することもできるが、これは後の「ずいずいずっころばし」で述べる。

このように、この歌の発生から考えると、解釈は複雑になってきて、歌謡・芸能を源流とする第一期、子供の世界に入り込む第二期とする区分が必要になってくる。ここでは、わらべうたとして「鍋の底」はぐるぐる廻る子供の輪を破って外に抜け出よと、少なくとも『諺苑』所収の近世後期には意識されていたとする。そうして、古調から明治への変化も遊びの型が変化するに伴い、発生や源流が忘れられ、歌詞も変わり、それ以上に、学校教育が整えられるに従い、全国にこの歌と遊びが広がっていき、子供の遊び歌として定式化、固定化されたと受け止めるだけで十分である。

7 通りゃんせ

不明 作詞
本居長世 作曲

通りゃんせ　通りゃんせ
此処(ここ)は何処(どこ)の細道じゃ
天神様の細道じゃ
ちいっと通して下しゃんせ
御用のない者　通しゃせぬ
この子の七つのお祝いに
お札を納めに参ります
行きはよいよい　帰りは恐い

恐いながらも　通りゃんせ
通りゃんせ

起源と成立

わらべうたとして全国的に著名なこの歌は江戸時代にほとんど全国に普及したとされているが、一説に幕末期に発生し明治時代に流行したとも言われる（尾原昭夫『日本のわらべうた戸外遊戯編』）。文献として古いのは、江戸時代の風俗図誌とされる岡本昆石の『吾妻余波』（明18）に男女遊戯として「天神様の細道」の題で記されるが、歌詞は短い。次いで、同じ著者の『あづま流行　時代子供うた』（明27）に現行のものとほぼ同じ歌詞が採録されている。また、『日本全国児童遊戯法』（明34）には東京の「ここはどこの細道じゃ」と伊勢の「天神様の細道」がある。さらに、平出鏗次郎の『東京風俗誌』（明32—35）に「天神様の細道」の遊び方を詳しく説明している。明治十年代から三十年代以前に文献的にどこまで溯れるかは不詳である。従って、やはり江戸後期に発生し、明治に普及したとしていいだろう。その後、大正十年十月、松竹合名会社の小雀座で児童歌劇「移り

通りゃんせ

♩＝69
(東　京)
とおりゃんせ　とおりゃんせ　ここはどこの
ほそみちじゃ　てんじんさまの　ほそみちじゃ
ちいっととおして　くだしゃんせ　ごようのないもの
とおしゃせぬ　この子のななつの　おいわいに
おふだをおさめに　まいります
いきはよいよい　かえりはこわい
こわいながらも　とおりゃんせ　とおりゃんせ

ゆく時代」が上演され、本居長世が江戸時代を担当した。本居は東京で歌われていた旋律をもとに編曲し、ピアノ伴奏をつけた。これが定着し、広く伝えられていった（金田一春彦『十五夜お月さん――本居長世　人と作品』）。このように、ほかのわらべ歌と違って、時代としては比較的新しいことを先に知っておく必要がある。

この歌の由来については諸説がある。まず、関所遊びが起源という説は、江戸時代、箱根の関所で通行の厳重な取り締まりがあり、手形のない者は通されず、特例の場合のみ許されることがあったが、その帰りは通されることがなかったという史実を子供が摸倣して遊んだという。しかし、これは後世の現代的な解釈であり、子供にとって関所がどれだけ身近で、関心があったか不明である。「御用のない者」の部分を「手形のない者」と古く歌ったというが、確証はない。また、埼玉県入間（いるま）郡川越町（現、川越市）にある三芳野神社に由来を求める説が

通りゃんせ「吾妻余波」
（『日本の童謡』國文学臨時増刊号第49巻第3号、平成16年2月、學燈社より）

ある。この神社は川越城天神曲輪（くるわ）にあった天神社で、現在も本丸殿の近くに昔のまま鎮座する。一般の参詣は年に一回の大祭にだけ許されたが、警備の侍がにらみながら、おどしつけ、その恐ろしかった気持ちが「行きはよいよい　帰りは恐い」になったという。しかも今も本殿に到る細い道、「天神様の細道」が長く続き、両側は樹々が茂り、昼でも薄暗い。しかし、この説も話としてうまくまとまり過ぎ、前掲の『遊戯法』にも武蔵の部に掲げられず、根拠がない。その上、一地方の天神詣の実感がどのようにして全国的に広がったかが説明できない。このほか、天神が人身御供をとったという伝説が愛知や長野にあり、これに基づくともいうが、牽強付会（けんきょうふかい）の説である。

子供の遊戯と結びつける考え方として、江戸時代に「天神様の細道」以前にあった備前や伊勢の観音まいりの鬼遊び、江戸の尻打ち式のくぐり遊びが複合されたという説もある。観音まいりは「もどりが大事」で、くぐり抜ける時は何もせず、帰りに戻る時に尻を打ったりする（尾原昭夫「歌と遊びと子供たち」『文藝春秋デラックス』昭50・4）。「通りゃんせ」はくぐり遊びが基本であって、傾聴すべき意見である。しかし、「天神様の細道」に結びついて、全国に広がる根本的な源泉は天神信仰に求めるべきである（後述）。

わらべうたの解釈の基礎

先の「かごめかごめ」と同じように、語句を解釈するに当たって、基本的なことを認識しておく必要がある。まず、わらべうた特有の型として問答体であるということである。一読して、通る者と通さない者とが登場するが、歌謡文芸として誰と誰とが問答しているかを全体を通して考察しなければならない。作曲でこの掛け合いが合唱と独唱によって構成されているのはこの作品の構想にも関わることである。次に、この歌詞は大正十年に整えられたが、意図的に古風な言葉遣いを用いて、近世らしい雰囲気を出そうとしている。「かごめかごめ」の古調が庶民の子供らしい俗語を使っているのに対して、この歌は上品に整理されている。さらに、筋の通った一つの物語ふうに展開している。もともと児童歌劇用に編曲されたため、昔話の調子で進んでいる。自然発生的に生まれたというより、創作的な構想と構成があることを認めなければならない。

天神信仰と寺子屋教育

通りゃんせ　通りゃんせ

この歌詞は近世の原形にはなく、次の「ここは…」から始まり、明治時代の『吾妻余波』に記されていることから、後に付け加えられたのであろう。「やんせ」の基本形（終止形）は「やんす」で、この元の形は近世後期の上方語「やす」である。「通りやんす」が訛って「通りゃんす」となった。意味は尊敬（「居やんす」）と丁寧（「成りやした」）に使われ、ここは前者である。「かごめかごめ」と同じく、冒頭に命令形で指示し、囃し言葉として、わらべうたの世界に導き入れ、以下、問答が続いていく。

ここはどこの細道じゃ／天神様の細道じゃ

「細道じゃ」を繰り返している。「細道」は文字通り細く狭い道であるが、これに特別の意味を込めているかどうか。一般に寺社の参道は直線か曲線かに拘わらず長く続くもので、はるか遠くに鎮座する神仏を尊ぶ日本人の心情に適っている。「細道」によって「天神様」への尊崇の念を高め、子供心に緊張感を覚えさせる効果があるかもしれない。次の「じゃ」は指定の助動詞「だ」の訛った言い方で、古風な言い方である。今なお西日本の各地に残る老人語であるが、昔話の語り口調としても使われる。後に続く「通して下しゃんせ」「通しゃせぬ」「恐いながらも」とともに全体を一貫して、古い時代の文語的な言葉の響きを意図的に漂わせ、一種の懐かしい郷愁を感じさせようとしている。

ちいっと通して下しゃんせ／御用のない者　通しゃせぬ

「ちいっと」は「ちと」「ちいと」を経て転訛した語で、江戸後期の小説によく用いられた。「ちょっと」では口語的になるので、古風らしさを出している。ここで初めて参拝路を通ろうとする者と通させない者とが登場してくる。天神には御用がなければ道を通ることができない。以下に続く「七つのお祝い」「行きはよいよい　帰りは恐い」を先廻りして考え合わせて、ここで、天神信仰と寺子屋との関係を考察する。従来、この歌を天神信仰に基づいて考える説は一般的であるが、寺子屋教育との関わりは説かれて来なかったので、注意を要する。

近世の庶民の教育機関として寺子屋が全国に普及した。教場では天満天神像を掲げ、庭に祠を祀ることもあった。古代では怨霊の活躍により雷神に結び付けて、火霊天神と恐れられていた菅原道真が、近世になると学問、詩歌、書道の神として崇められ、やがてその守護神になった。寺子屋入門に当たっては天神にお参りし、天神を信仰して一心に勉強すれば学業は上達し、人格が向上すると信じられた。日常の躾や作法も天神を摸範にして教えられた。教科書として使われた往来物の中で道真の生涯を記し、その徳を讃えた『菅丞相往来』『菅神御一代文章』は、ほかの歴史物が和漢混淆文体であるのに対し、漢字平仮名交りで書かれ、広く用いられた。寺子が勉強を怠ると罰が当たると諭され、訓戒する時も神前でなされた。また、毎月二十五日は師弟相揃って天神に詣で、天神講があった。この講では寺子が師匠の家に集り、祭壇を設けて天神像を掲げ、学問手習いの上達の祈願をした後、師匠が菅公について講話し、会食し、遊戯や余興を行った。また、正月には「奉納天満天神」と書いた反故紙を火鉢にくべ、燃え上がる炎の高さによって天神の功徳を占い、翌朝、天満宮に昨夜書いたものを奉納することもあった。寺子屋の机を天神机と言い、また、梅干しの種の中の果肉を天神さんと呼び、食べると頭がよくなるとも言った。何人かで物を選ぶ時、「どちどち、どちらがよいか、天神さまの言ふ通り」という唱え言もあった。また、郷土人形の中でどの地方も天神人形が最も多く作られた（以上、遠藤泰助『天満天神信仰の教育史的研究』、石川松太郎『藩校と寺子屋』、『日本教科書大系往来編第十一巻歴史』、高取正男『菅原道真』による）。

このように、天満天神は近世において寺子屋を中心にして子供の日常生活の根本にあり、学問、手習、行動を律していた。それは尊敬、崇拝、信仰の対象であり、裏返せば、神罰を蒙る畏敬すべき存在であった。一般の庶民においても、農業の守護神であると同時に、恐ろしい火霊をもたらす神と信じられ、日常生活に密着していた。こういう天神様にお参りするからには「御用のない者」は参れず、清い信心としっかりした祈願の目的を持っていて初めて入ることを許される。この厳粛な気持ちがこのような問答によって言葉として形を成し、心の内面に確認されていくのである。ちなみに、「天神へ素顔で参る手習子」（『誹風柳多留』七）は普段は手習いの墨で汚れているのに、天神詣の時はきれいに身繕いをしているおかしさを詠んだもので、寺子の緊張した態度がよく表れている。

この子の七つのお祝ひに　お札を納めに参ります

「この子の七つのお祝ひ」とあることによって、母と子が七五三の七つ詣りに行こうとしていることが分かる。数え七歳は前節の「七つの子」で述べたように、通過儀礼の年代で、幼児から子供へ成長する一区切りの節目の時機である。氏神に参拝して、幼な心を捨てて精進を誓い、氏子入りして、子供組にも入る。同時にこの年齢で多く寺子屋に入学でき、勉学に励むことを誓願して、その加護を祈る。なお、この部分を「天神様へ筆上げに」「天神さんに願かけに（願かけて）」と歌う地方もある。前者は天神に筆を上げると手が上がる、書道の腕が上達すると信じられ、そうなるように祈願するのである。どちらも天神信仰と寺子屋に関わっている。

次の「お札を納めに」は今までほとんど説明されなかった。これは納札といって、神社や寺に参詣して、祈願や記念のために御札（守り札、護符）を納めることであり、千社札は今も知られている。その札を納め札ともいう。あるいは、七歳になるまでに自分を守ってくれたお守りを納める、つまりお返しに行き、代りに新しいお守り札をいただくという意味もあろうか。京都では「御札をもらひに」と歌っていた（高橋美智子・中川正文『京わらべうた』）。七歳に達したので、天神様のお守りをいただきに参るというわけで、この方が現代的で、分かりやすい。

「行きはよいよい　帰りは恐い」という戒め

行きはよいよい　帰りは恐い

この歌の眼目はこの句にあり、これが解明されれば、全体の趣意が理解される。この歌が通説通り江戸後期にあったことを前提にして、この句は子供にとっての天神信仰と寺子屋の関係に基づいて考えるべきである。まず、この句を解釈するに当たって、京都で行われている十三詣（まいり）を参考にすると解決への糸口になる。これは嵐山の法輪寺の本堂、虚空蔵菩薩（虚空蔵さん）に数え十三歳に達した子がお参りして、智慧を授かるという行事である。十三歳といえば干支が一巡して新しく二巡目が始まり、子供から成人になったことを祝福し、新しい人生に再出発する人生儀式である。参詣した帰り道、大堰（おおい）川に掛かる渡月橋を渡る時、後ろを振り向いてはいけないという約束が課せられる。行く時は何も考えず気楽であるが、帰る時は緊張した心持ちで、ひたすら真っ直ぐ前を向いて渡り切らねばならない。この意味についてはいろいろ言い伝えられていて、一般には虚空蔵さんからいただいた智慧、福徳を後ろを振り向くことによって失うことになると民間で言われている。当の法輪寺の説明（直話）では、渡月橋は昔、法輪寺橋といって、ここまでが寺の境内地であった。橋を渡り切る、つまり寺を出るまでに後ろを振り返ると、いただいた智慧と御利益を返してしまうことになるので、大事なものとして持たねばならない。さらにそれ以上に、大人になって初めて一つの禁止事項、約束を守り、戒めを守らせ、最初の試練に耐えることによって、信仰を深めていくということである。少年から成人になった重要な節目に際し、もう子供ではない、子供時代を振り返らない、もう後戻りはできないと心に期す。

初めて人生に関わり、大人としての厳しい自覚と責任を持ってこれから生きていかなければならない。古くから十三歳は成人式として、男子は元服、女子は髪上げ、裳着が行われた。その覚悟を一つの禁制として与えることによって、身をもって体験させたのである。

なお、一般の生活上においても後ろを振り向く、振り返ることは嫌われ、怖れられることがあるのではないだろうか。例えば、木登り、階段や橋、特に吊り橋などで後ろを振り向くと却って恐怖心が増すであろう。後ろを振り返り、後ろを見ることが忌み憚られる例にギリシャ神話がある。妻のエウリュディケーを亡くしたオルフェウスは冥界に妻を迎えに行くが、地上に着くまで振り返ってはいけないという禁忌を破り、妻は再び冥界に戻ってしまうことになる。後ろを振り返る後ろめたさ、無気味さ、恐ろしさは今に至るまで生き続けているようである。

さて、このように十三詣はまさに「行きはよいよい　帰りは恐い」であって、この心境を七つ詣に援用して考えると解決が導き出される。お参りする前は幼児の気分で出掛けても、天神に自覚を持って一人前の子供、少年として精を出すことを誓い、神の御加護を祈った。もう元に戻ることはできない、怠けると罰が当たる、神の教えを守り、しっかり勉強して努力していこう。このように緊張して心を引き締め、自己の新しい段階に強く踏み出そうとする。

一方、子供にとっては心のどこかに戸惑いと重みを覚え、未知の世界へのおののきも感じる。前述の通り、七歳に多く寺子屋に入門した。現代で言えば入学式で、式に赴く前は希望と期待に満ちていても、式が済んだ後は心に重圧と負担を感じて、これから始まる新しい生活に不安を覚える心境と共通していよう。なお、この句は地方によって表現が異なり、行きは「ゆるゆる」（伊勢）、帰りは「つらい」（長野県）、「ひどい」（栃木県）というところもある（『日本全国児童遊戯法』『日本のわらべうた戸外遊戯編』）。「ゆるゆる」はのんびりとゆったりした心の状態を表し、まさにお参りする前の態度をよく言い当てている。

この句は整った対句表現として意味がより明瞭になり、記憶しやすく、教訓的でさえある。そのためか、いつの間にか成句として一般化し、日常にもよく使われる表現となり、ことわざ辞典にも採録されるほど普及している。その意味は、「行きは何事もなくうまくいきそうだが、帰りは事故や障害などが起こりそうなおそれがあることのたとえ」（『成語林』）と説明されている。ここで「恐い」が何かよくないことが起こる恐れがあるというように、第三者的、客体的なものによる支障と捉えていることに注意しなければならない。「通りゃんせ」では言語主体の主観的な心の作用であり、現今のことわざは客観的な事態を表している。時枝文法でいえば、前者は対象語、後者は主語として、文法的機能が異なる。これは対象語が主語と明確に区別できないことがある（阪倉篤義『改稿日本文法の話』）例である。しかし、形容詞は主観、客観を総合的に表すことがあり、ここは「通りゃんせ」は「帰り」を対象語的に捉えて「主観的な感情を概念化した表現」であるが、ことわざは「帰り」を客体的に捉えてその「性質状態を示す」表現と解釈すればよい。時代の変遷によって主体の捉え方、つまり意味が変化した一例であることを指摘しておく。

さて、この「行きはよいよい　帰りは恐い」という思想と行動の淵源は『古事記』にまで溯ることができる。倭建命は東征の帰途、伊吹山の神を撃ちに登った時、山麓で白い猪に遭った。「今殺らずとも還らむ時に殺りなむ」と言挙げして進んで行ったが、「ここに大氷雨を零らして、倭建命を打ち或はしまつりき」と、結果的に命取りになった。この物語は行きは気楽に油断したが、帰りに困難な目にあって、うちのめされた一例である。また、中世の『御伽草子』の「一寸法師」には見られないが、明治三十八年に巌谷小波が「一寸法師」を『尋常小学唱歌』用に作詞した。「姫のお伴で清水へ」行き、「さても帰りの清水坂に、鬼が一匹、現れ出でて」戦い、勝って打ち出の小槌を打てば大きくなったという創作である。これは帰りの試練を乗り越えて幸福を得たという物語である。このように、行きて帰るという行動では、帰途に何らかの恐く怖しい目に遭わせて、それに耐え、より成長、向上をめざして進ませようという考え方が日本人の精神の基底にあるのではないかと思われる。

それでも「通りゃんせ」と見守る

恐いながらも　通りゃんせ　通りゃんせ

この歌詞は明治期にはなく、大正期に付け加えられたものであるが、この句の意味について説明されることは従来、なかった。帰りは恐いけれども「通りゃんせ」と言うのはどうしてか。参詣の途中、通そうとしない者が結局は通そうとする。ここに大人から子供へのまなざしがあるのではないか。これから成長していこうとする子供に対して、励まし、力づけ、導いていく。恐いと言って脅かすだけではなく、期待し、見守る愛情を読み取るべきである。この内容は現代的で、少くとも子供からの発想ではない。大人の立場からこの句を付け足したことが理解されよう。

自問自答して成長への道を歩む

ここでこの歌全体の現代語訳を次に示す。「お通りなさい、お通りなさい」「ここはどこに行く細道ですか」「天神様にお参りする細道です」「ちょっと通してくださいませ」「天神様に御用のない者にはお通ししません」「この子の七歳のお祝ひのためにお札を納めに参ります」「行きはよいけれども帰りは恐いですよ。恐いけれども、どうぞお通りなさい、お通りなさい」

ほかのわらべ歌に比べて、内容、展開は整然として、構成も整えられている。その上、素朴さ、自然さに欠け、都会的で、整い過ぎたうまさがある。七歳の子が出てくるけれども、一言も発しておらず、子を連れる母親と道を遮る大人との会話によって成り立っている。もともとは子供どうしで歌い、遊ぶ中から生れたものであったろうが、大人の立場、見解が入ったわらべうたである。

さて、この会話は問答である。では誰と誰との問答であろうか。表面的、形式的には、前述の一説によると参詣人対警固の武士、あるいは関所を通る子と尋問役の子であるが、この説自体、成り立ち難い。七つ詣に限定すると前述の通り、お参りする者と道を見張る者とである。しかし、これは形式だけで解釈した考え方であって、これを文芸として捉え直したらどうだろうか。しかも大人を介在させずに、子供の立場から、子供を主体にして考え直すのである。すると、これは七歳の子と、その心の中のもう一人の自分との対話と考えられないか。幼児から少年へと成長する境目に立って、これから先の生き方を心配し、苦悩し、葛藤する子供の心理世界と解するのである。七つ詣を親と行っていても、心の中は先行きの不安な気持ちがめぐり、その緊張と恐れの心境がこのような問答になって心の中で揺らいでいると考えたらどうだろうか。つまり、この歌は子供の心の中の自問自答によって成り立っている。この私説は文献から考証してのものではなく、鑑賞的立場からの推論である。形式的には七つ詣の華やかさの中にある真剣なまじめさであるが、その心理の奥底を探ると、成長への活気の中に潜む少しの脅えを問答によって形象化していると解釈するのである。

ちなみに、この句が引用された歌謡曲に五木寛之が作詞し、田川寿美が唄う「女人高野」（平14）がある。恋に破れた女性がひとり、奈良の室生寺をめざして「女人高野のおんな道」を歩く。「通りゃんせ　通りゃんせ／ここはどこの細道じゃ／若い命を惜しむよに／花が散ります　はらはらと」。この句は主人公が心の中で問い、答え、歩みにつれて響き合ってくる。この「細道」はどこに続くのか、それは「女人高野」であり、また、まだ見えない先の、自らの生きゆく道である。「通りゃんせ　通りゃんせ／行きはよいよい帰りはこわい／迷うわたしを招くよに／灯(あか)り揺れます　ゆらゆらと」。参詣する時はそうでなくても、戻って、帰る路はどうなることか、これから先どのように生きていこうとするか、迷うばかりである。

このように、子供の歌が大人の歌に転用され、天神信仰と七つ詣が恋に泣く悲しみへと変化したが、わらべうた特有の哀調と郷愁、懐旧の念がうまく調和している。二つの引用句は主人公の心の中に息づき、自問自答を超えて、自己の生きゆく姿勢に同化している。「通りゃんせ」はただ単に子供の歌遊びに止まらず、さらに深く大人の解釈が入り込み、ひとり生きゆく「細道」が続いていくのである。ここにこの歌は意外にも人生的な意味を持ち、日本人の精神や行動、つまり文化的な態度に根ざしていたことに気づくのである。

8 ずいずい　ずっころばし

不明 作詞
不明 作曲

〈歌詞〉
ずいずい　ずっころばし
ごまみそ　ずい
ちゃつぼにおわれて
とっぴんちゃん
ぬけたら　どんどこしょ
たわらのねずみがこめくって

〈復元形（推定）〉
ついつい　つきころばし
（ついころばし→つっころばし）
こまいしょ　つい
ちゃつぼ（からすべ）におわれて
どっぴきしゃ（どっぴんしゃ）
ぬけたら　どんどんしょ

（第一次追加）
たなのねずみが　あわくって
ちゅう
ちゅう　ちゅう　ちゅう
（第二次追加）
おとっつぁんがよんでも
おっかさんがよんでも
いきっこなぁし（よ）
（第三次追加）
いどのまわりで
おちゃわんかいたの　だあれ

ちゅう
ちゅう　ちゅう　ちゅう
おとっつぁんがよんでも
おっかさんがよんでも
いきっこなぁし（よ）
いどのまわりで
おちゃわんかいたの　だあれ

起源と成立

わらべうた「ずいずいずっころばし」の文献上の初出は、明治十六年に「錦絵一枚摺の

ずいずいずっころばし「吾妻余波」
（『日本の童謡』國文学臨時増刊号第49巻第３号、平成16年２月、學燈社より）

おもちゃ絵資料」として板行された『しん板（新版――引用者注）子供哥づくし』（歌川芳藤画）である。五曲の童歌の歌詞を四十二コマに分けて絵を付す。その一首目がこの歌で、六コマに漫画ふうの絵が描かれ、また、同十八年の『新板子供哥づくし』にも載せられている（小野恭靖『絵の語る歌謡史』）。続いて、同年に岡本昆石が『古今百風　吾妻余波』を著し、歌詞はないが指遊びの絵を描いている。岡本は同二十六年、『あづま流行　時代子供うた』も刊行し、ここに、右のおもちゃ絵と同じく、現在通用しているものとは語句が一部違い、また短いが、まとまった歌詞を記録している。本書は「幕末期の童唄、童言葉二四三編を収録」したもので（『近世童謡童遊集』）、編者は嘉永五年生まれ、後者の刊行時は四十二歳であった。次に、江戸後期の儒者、大田錦城の曾孫である大田才次郎編『日本全国児童遊戯法』（明34）で、歌詞はやはり少し異なるが、東京と伊勢の歌詞が報告されている。また、明治二年生まれで文部編修官であった平出鏗次郎（ひらいでこうじろう）編『東京風俗志』下（明35）にも収められる。しかし、江戸時代の文献では行智編『童謡集（童謡古謡）』（文政三年（一八二〇））をはじめ見い出すことができない。以上のことから、この歌は江戸末期から明治前期に東京で作られ、中期に広く流行したといってよいだろう。

解釈の通説と意味不明説

この歌詞について、従来必ずしもうまく説明されてこなかった。一般的な通説では、お茶壷道中に結びつけて説かれる。代表的なものとして、浅野建二は「宇治でとれた新茶を御茶壷につめて将軍家に献上するために東海道を下向する」と説き、「子供たちが…驚きあわてて逃げる様を言ったものとして解される」と言う（『新講わらべ唄風土記』）。この説は広く信じられ、初夏の八十八夜に早摘みした新茶を献上する行事が、例えば「…と童謡に歌われた江戸時代の茶壷道中を再現する昭和新版『第十七回お茶壷道中』が二日、京都市東山区の祇園一帯で繰り広げられた」（京都新聞、平1・5・3）と、毎年のように親しまれている。また、宇治の御物（ごもつ）茶師の老舗ではこの歌に絡めて道中の説明をする。

この通説をもとにした解釈は次の通りである。道中の警護が厳しいので、子供や家人があわてて家の中に駆け込み、隠れていたが、一行が通り抜けてほっと安心した、この騒ぎに、俵から米を取り出し、食べていた鼠が驚いてチュウと鳴いた、喉がかわいた子供達が井戸に集まり、争って水を飲んだのでお茶碗を割ってしまった、というものである。この解釈は文献の裏付けがなく、ただ歌詞の順を追って、つじつまが合うように一つの物語として創作したような印象を受ける。これとは別に、歌詞の語句に基づいて解釈する試みもある。平岡正明は猪野建治から考えを得たとして次の通り説明する（『大歌謡論』）。

（お茶壺道中の）供先の士が道で遊んでいる子どもをズイズイズッコロバスのを、おそれて、人々は茶壺に追われて戸を（注、トッも掛けるか）、ピッシャンと閉めて行列が通り過ぎるまで家の中に入った。ゴマミソズイといふのは、人間でもないのに茶壺が威張りかえって通りすぎることへの比喩で、通りすぎたらドンドンやろう、童謡のかたちを借りた民衆の怒りだとのこと、これで解けた。

語句を一応なぞってはいるだけで、その意味の説明も恣意的で、語形を無理に変えて意味もずらし、基本的には通説と変わりはない。この考え方と先入観は現在に至るまで牢乎としてあり、平成十九年一月、文化庁と日本ＰＴＡ全国協議会が公募によって「心に残る日本の歌一〇一選」を選定した中に、この歌が入れられた。長田(をさだ)暁二はこれと同名の解説書で、通説によって説明し、「そのときの気持ちをユーモラスに歌い合ったのが、このわらべ唄」とする。

しかし一方、この歌は意味不明とされることも多く、上(かみ)笙一郎は早くに次の通り述べていた（『童謡のふるさと』上）。「お茶壷道中説も…意味や解釈にとらわれすぎている…起源もおもしろさも、じつは、この唄が、解釈可能な意味をまったく持たぬものであるという、まさにその点にあった」。「一貫した意味なんか、はじめからなかった…何かの擬音めいたことばのおもしろさと、それが軽快なリズムではこばれていくたのしさとがすべて」、「この唄ほどナンセンスに徹し、しかも底ぬけに健康で明るいものはない」。とはいえ、伝播し、時代が流れるに従って意味が分からなくなることはあっても、その歌が発生した当初は十分に本来の意味があったのではないか。さらに、同種の捉え方として、金田一春彦は「支離滅裂、何を言いたいのかさっぱりわからない。…それ（注、お茶壷道中）を歌ったものだったと言うが、今の歌からはその様子は想像しにくい」（『童謡・唱歌の世界』）と述べ、尾原昭夫は「歌の意味はいろいろいわれていますが、よくわかっていません」（『日本のわらべうた室内遊戯歌編』）としている。また、松永伍一は「シュール・リアリズム（注、超現実主義）の詩を前にしたときの一種の難解さに似ている。…日本ではその初発の芽が無心に遊ぶ子供たちのわらべうた、すなわち『無心所着（しょじゃく）のうた』を土壌にして息づいていた」と説く（『うたの慰め』）。また、同じ趣旨が『定本うたの思想』にもある）。ここで言う「無心所著の歌」は万葉集の巻十六（三八三八）に収められ、「心の著（つ）く所無き歌」で、「相互に無関係の語をくっつけて詠み込みわざと意味がわからないように作った歌」とされる（『日本古典文学全集　萬葉集』）。松永の説明では「うたの一句ごとに別々の…ことを言い、全体として意味をなさぬうた」で、「無心の状態が必然的に生み出すシャーマンの呪文の類に似ていはしないか。出まかせと言ってもよい」ということである。これも無理に理窟をこじつけたような意見で、やや無責任である。佐佐木幸綱も同じような観点から次の通り言う（『現代詩手帖』昭49・8）。「意味をとることはむつかしい。…指突きの擬態語のニュアンス、そして何やら父母から独立しようとする子供たちの秘密結社的な結束のムードなどと言ってもはじまるまい。…子供は、反意味的歌詞を呪文のようにうたいつつ自らの遊びを遊ぶ。うたうことで自己に没入する。そのための歌なのだ」。結局、お茶壺道中に起源を求める説と、それを否定、または放棄して、意味不明のところに価値を認めようとする説があることになる。前者が広く受入れられている通説であるが、後者もまた一つの通説として認識されている。

通説への疑問と解釈否定説

以上の通り、この歌の歌詞についてはこれまで十分に解明できていなかった。お茶壷道中に起源を求める考え方も説得的とはいえず、素朴な疑問が湧いてくる。

①わらべうたは冒頭の歌い出しが肝腎で、これが歌の基調を提示し、全体の雰囲気、情調を醸し出して包み込む。しかも、これが歌の場の基底をなして、展開し、関わり、いわば囃し言葉の役割も果している。しかし、この歌い出しは道中の様子やそれに対する子供の反応や動きに全く結びついていない。道中説でこの冒頭句について説明したものはほとんどない。

②お茶壷道中は江戸時代前期に制度化されたが、この歌は江戸期の文献には記録されていない。道中に結びつける根拠は「茶壷に追われて」の一句のみである。しかし、厳重で傲慢な振舞いがあったという道中を避けて逃げようとする動作が「茶壷に追われて」という表現と必ずしもぴったりしない。ここの歌詞はもともと「烏坊（からすべ）に追わ

れて」であり、「茶壷」は後に変化したものである。このことから、道中に由来を求める説は成り立たない。さらに、「茶壷」であって「お茶壷」でないことに注意すべきである。お茶壷道中は公式には茶壷道中であるが、一般的には「お」を付けて表し、また、「お茶壷」一語のみで、宇治から将軍家におくられるものを限定的に意味した。これは例えば、おあし（銭）、おまん（饅）、おやつ、おつむ（頭）、お礼、御身拭いなどの「お」と同じく、「お」があってこそ特定の意味を持つ語として成り立つ。「茶壷」では一般的な普通名詞に過ぎない。

③これに続く歌詞で、「とっぴんちゃん」を戸を締める音、「ぬけたらどんどこしょ」を行列が通り過ぎるのを喜ぶ姿にとるが、そのように解釈すればできるという程度であり、必然性がない。まして、これに続く「俵の鼠が…」の説明がうまくいかない。

④道中は往路が東海道、復路が中山道の官道を通るが、子供の遊び場として適切かどうか。わらべうたは細い路地や奥まった細道を舞台にしている。また、この歌全体を通して、子供の遊びや動きの描写に乏しく、子供らしい明るさやのどやかさに欠けている。むしろ、秘密めいた隠し事の世界、親の目を掠（かす）めて、いたずらをしている秘儀めいた印象が感じられる。

⑤この歌の旋律はほかのわらべうたと同じく伝承されてきた曲調に基づいていようが、

全体として滑稽なおどけたところがあり、また、大人の冷めたひやかしの感じがして、ほかと比べると異質である。少なくとも子供らしさがない。また、道中から逃げて隠れようとする恐怖と曲のふしが合っていない。恐怖というより、隠微な暗さまでも漂っている。

⑥この歌は指遊び唄であるとともに、鬼決め唄である。前述の『しん板子供哥づくし』や『吾妻余波』の絵の通り、数人の子供が両手の握りこぶしを並べ、一人が人差し指で、そのこぶしの穴を突き刺しながら歌っていく。わらべうたは動作、遊戯を伴うもので、その歌の内容に応じた遊びになっている。この歌の仕草は道中とは全く関係がなく、逆に、ほかのわらべうたと同じく、この手遊びの仕草から歌の意味を考える手懸かりになりそうである。

⑦わらべうたは全国に広がっていくにつれ、言葉が訛り、形が崩れていく。基本的な曲想と流れは変わらないが、歌詞の一部が異なる類歌が多く生じてくる。これを調べていくことにより、逆に元の歌詞の内容が分かってくることがある。この歌詞の別表現や類歌を比較し考察すると、道中とは何ら関わりのない、ある一定の別の意味が見えてくる。

⑧この歌は一般に一番のみとされるが、後に新しく作られた二番の歌詞が存在する。これを読むと、一番の意味をどう捉えたかということがはっきりしてくる。道中に関係する表現はやはり何もなく、別の意味が想定される。

　このような疑問は直感的で、ごく自然なものであり、今までわらべうたであるという先入観、こうあってほしいという願望、あるいは期待感がこの歌の正当な解釈を妨げてきたのではないか。一方、前述した解釈が不可能で、意味のないところに意義を見出そうという説も一つの見識ではある。しかし、歌はもとは何らかの意味、つまり言語主体の対象に対する捉え方や見方に基づいて表現されたものである。その歌の発想や心意をほかの歌と同じ研究方法で言語表現に即して探ることはやはり可能であろう。この歌が長く伝えられてきたのも、単にリズムのよさやおもしろさだけではないのではないか。

　先の意味不明説（解釈不可能説）をさらに突き詰めると、解釈否定説になる。寺山修司は別役実との対談「わらべ歌考」で次のように述べる（『日本童謡集』、後に新編集して『日本童謡詩集』）。「童謡ブーム、童話ブームというのも一つの分解運動（注、何事も分析し解釈しようとする姿勢のことか）のなせるわざ」（別役）に対して、「分解するという言葉につきまとう真理探求的な感じがいや」であり、『『事』を分解しようとするときに、『事』にも一つの真実があるんだという前提を受け入れることになる。それは一般的理性への退行」であると言う。そして「いくつかの解釈をしてみても、結果としてはどれも『正解』ということにな」り、「正解を発表しても、それに見合うだけの保証というものが、現在形の中には何一つない」と述べる。これは評論家の立場であり、それはそれとして許されるであろうが、国語学徒として放置しておくわけにはいかない。右の指摘は研究上の注意として受け止めて、やはり「真理探求」に向かわねばならない。

正しい解釈への視点

そこで、この歌を正当に解釈するもう一つの視点を提示する。実は右に述べた説のほかに全く別の見解があったが、この説は内容に問題があるからか、正面きって扱われることがなかった。また、論者の述べ方も控え目で、発表した書物も一般の目に触れることが少なく、世にそれほど知られていなかった。何をそれほど恐れていたのか。それは性の意味が含まれているとする考え方で、中野栄三が早くに指摘していた。中野はこの歌を「全然に意味の続かないような言葉が混っている」とし、語呂、尻取り、早口などの「言語遊戯があったか」としつつも、続いて「丁稚と小娘の蔵の中の出合(であい)を思わせるような文句」であると、一つの見通しをつけていた（『性風俗事典』昭38）。また、添田知道は、「わらべ唄のおもしろさが、意味よりも音感に多くかかわっている…おろかな解説はしないが、この歌を性意でうけとるようになるのは、おとなになってからのことで、子どもはただ無心にうたっていたのである。そして語意よりも、まず音による吸収とするのである」と、大人と子供の区別をして、意味深長な示唆を与えていた（『日本春歌考』昭41）。さらに、高橋鐵は三箇所が「はっきりセックスを表わしている」とだけ述べていた（『日本の神話』昭42）。この方向づけを決定的にしたのが西沢爽で、まず昭和五十三年に日本歌謡学会で研究発表をした後、「わらべ唄『ずいずいずっころばし』はエロ唄だった」を公にした（『雑学艶学』昭54）。ここで、この歌が猥歌、戯歌（ぎれうた）であることを多くの資料に基づいて学問的に論証している。この説は内容が性に関わり、しかも子供の歌ということで、半信半疑か、触れられることが好まれないからか、一般には普及していない。しかし、わらべうたや民謡、俗謡、また、子供の替歌に性意を含んだものがかなりあることは周知の事実である。民俗学では性の問題が微妙に避けられるが、それに反する立場の研究もある。成句も例外ではなく、笹間良彦は『ちゅうちゅう蛸かいな』とか『ずいずいずっころばし』の歌は大人が子供に教えて、無邪気に子供はそれを口にするが、本来の意味はもっと婬猥である」と述べている（『好色艶語辞典』平1）。

この歌は通説通りに、また、意味不明とされても、それだからこそ長く親しまれきた。

それはそれとして意義を認めるべきである。しかし、この歌について好悪の感情や教育上の適否は別にして正当な解釈を施し、わらべうたの中に学問的に位置づけることは十分に意味のあることである。ただ、内容が内容なだけに、この読解は予断と先入観を排し、客観的に慎重でなければならない。小野恭靖は性意でとることに「疑問を抱いて」次のように述べる（『子ども歌を学ぶ人のために』）。

「茶壷」を性的な意味で深読みしてしまえば、その他の歌詞もすべて深読みに深読みを重ねて一曲全体をセクシュアルな歌に解釈してしまうことにつながる…それこそが現在種々行われている牽強付会で恣意的な解釈を導いている原因に他ならないのである。

この所論も語句の一部に新説を述べるものの、学問的な研究方法や根拠に欠け、歌全体の内容との関わりが不明である（後述）。「性的な意味」に取らない立場に立とうとするあまり、逆に同じようにその線に沿って都合よく「深読み」をしているのではないか。ただ、「恣意的な」こじつけにならないようには注意しなければならない。

ここで西沢の論を参考にしながらも、触れていないことを補い、誤りと思われる説には私見を呈し、語句の変化の過程を跡づけ、類歌だけでなく、断片の句まで拾い上げて考察する。そうして、一貫した流れを把み、発想と趣意を説き、全体像を明らかにしようとする。従来のわらべうた研究に一番欠けていた点は国文学はもとより国語学の立場からの追究がなされず、言葉の面の究明が十分にされなかったことである。これは前節で取上げた「かごめかごめ」「通りゃんせ」のわらべうたの国語学的研究の一環であり、特に本節は近世語、近世文学の知識、方法に基づき、あくまで学問的に語義を考証し、究めていく。なお、主に参照した近世語の辞典は次の通りである。

『江戸語大辞典』(昭49、『江戸語の辞典』昭54)、『江戸語辞典』(平3)、『江戸語事典』(昭46)、『江戸時代語辞典』(平20)、『雑俳語辞典』正続(昭43、昭57)、『川柳大辞典』(昭37)、『江戸川柳辞典』(昭43)、『新編川柳大辞典』(平7)、『近世上方語辞典』(昭39)、『上方語源辞典』(昭40)、『俚言集覧』(明32)、『隠語辞典』(昭31)

語句の考証と解釈――新説の提示へ

ずいずい　ずっころばし

ズイズイは次のズッコロバシを序詞のように導き、調子を整える語句である。「つんつん　つばき」「なんなん　なつめ」など現代の歌謡や童謡のように、同じ音の語句を引き出し、中心的な語句を強く引き立てることになる。ところが、この形に定着する前は、ズイズイ　スッコロバシヤ（『時代子供うた』）、ツイツイ　ズコバシ（伊勢、『日本全国児童遊戯法』）などがあり、語形は一定していない。従って、現在のズッコロバシは少なくとも訛って変形したものであると推定できる。そこで、この語を注意してよく見ると、コロブ、コロバシという動詞を含んでいることに気が付く。西沢爽は『江戸語大辞典』の用例にもある式亭三馬の『小野𥶡譃字尽（おののばかむらうそじづくし）』（文化三年（一八〇六））に、最下層の私娼である夜鷹の別称として「惣嫁（そうか）、夜発（やはち）、辻君、ついころばし…」とあることに着目し、このツイコロバシをケ（蹴）コロバシの転訛だろうとした。これは卓説であり、この冒頭句がこの歌全体の意味を方向づけ、決定することになる。ツイコロバシは他動詞形であるが、その自動詞形のツイコロビ、訛ってツイコロボも『鳴絃之書』（元禄十五年（一七〇二））、『正風集』（享保十五年（一七三〇））などにあり、夜鷹、惣嫁の別名として使われた。

以下、詳論すると、まず、コロブ（転）は「ころぶからそれではやると芸者いひ」（柳多留）のように、遊女以外の女、芸者などが隠れて売春することで、江戸期の川柳や戯作本に多くの用例がある。コロバスは「茶屋の二階でげいしゃをころばし」（吉原楊枝（ようじ））のように、口説いて自由にすること、コロビは不見転（みずてん）芸者で、コロビゲイシャともいい、コロビチャヤ（茶屋）もあった。コロビアウは私通、野合で、コロビハオリは深川の岡場所の羽織芸者のことである。

このように広く使われたコロブの他動詞形コロバスにケル（蹴）がついて、ケコロバスができ、その体言形がケコロバシである。これは下谷、浅草あたりにたむろしていた下等な私娼を指し、「けころばしごみも無いのにはいて居る」（柳多留）、「煙たつ下谷の竈(かまど)けころばし」（雲鼓評万句合）などと詠まれている。これを略したのがケコロで「十二文ほどの機嫌でけころ出る」（柳多留）は銚子一本のほろ酔い景気をいう。この語はケコロバセとも訛り、ケコロミセ（店）、ケコロヤ（屋）なども使われた。これらの語句の中心はコロブとケルである。この転ぶ、転がるという発想からケツマヅクやケマロ、また、ダンゴ（団子）もあり、コロブという意味の定着と広がりが理解される。一方、ケルの方はケタオス（倒）、ケタオシが同種の意味で使われた。ここからケルそのものに交接する意味にとる説もあるが（小松奎文『いろの辞典』）、これは右の使用例からケルにその意味が付加されたのであり、ケルはこの時代では本来の意味を保って比喩的に使われた。現代語の隠語的な用法はその名残りであろう。

ズイコロバシの原形がツイコロバシであるとする西沢爽の所論の考証は後述するが、このツイはもとツキ（突）であり、ツキコロバシの音便がツイコロバシである。ケコロバシとともに、突く、蹴るという行動的な意味の動詞であることに注意すべきで、つまり、同じ発想によってできた語である。それだけでなく、ツクはこれ単独で「戸立ゆへつく事ならず」（擲銭青楼占）のように交合の意味があった。このツイコロバシがさらに音便化して、ツッコロバシができた。ツッコロバシを夜鷹の異名とする説があるが（『絵解き・江戸っ子語大辞典』）、その用例は挙げられていない。この語はむしろ歌舞伎で使われ、ちょっと突くと、すぐに転びそうな、頼りないことから、若くして二枚目の色男の役どころをいう。ここでは、原義を保ちつつ、ツッコロバシが広く使われていたことを知ればよい。

さて、ズッコロバシの前に歌うズイズイは江戸の明和ごろから動詞に付く接頭語として、ずっと、ついと、すぐの意味で用いられた。例えば、ズイニゲ（逃）、ズイカクレ（隠）、ズイユキ（行）、ズイカエリ（帰）など、目的のもとに勢いよく力強く進むさまを表す。幸田文の「（父は）ずい〳〵のん〳〵と講釈師の通りにやりだした」（『こんなこと』）のズイズイはまさにその調子が出ている。このズイズイが次にズッコロバシを引き出すのだが、この語は見当たらない。しかし、ここは西沢爽の推測通りに、ツキコロバシからツイコロバシ、ツッコロバシの一群の語を想定して、それを導く音として、また、突イの意味を持ってツイツイが成立したのであろう。前述の通り、伊勢では「ツイツイ　ズコバシ」と歌っていたことは、その例証となる。つまり、ツイを前置きの語として二拍を二度重ねて、四拍子にして、国語の基本的な韻律を整え、まず、ツイツイ　ツイコロバシと歌い、次に言いやすいように、ツイツイ　ツッコロバシとなった。ここの韻律を示すと、―ツイ―ツイ＝ツッ―コロ＝バシ―〇〇―（〇は休符）、と四拍子が等拍に平板に滑らかに進んでいる。このツイツイは「ついついといた（注、いった。さっさと通りぬけた）」（上田秋成『胆大小心録』）「ついついと藪の中より菜種かな」（小林一茶『文化句帖』）のように、動作の素早いさまや真っ直ぐに突き出るさまを意味する語で、ツイコロバシに続く語として意味的には合っている。それがツイツイより言いやすく、重くて大きい音感のヅイヅイと濁音化して、さらにより発音に近い文字表記として、いわば現代仮名遣いの方式で、ズイズイに取って代わったと思われる。この速く進む音感が同時にこの語の意味と関連してくるのである。このあたりのズはヅと表記して考えると解しやすくなる。つまり、ズイズイズッコロバシではツク（突）の意が連想しにくいが、ヅイヅイ　ヅッコロバシなら、ツク（突）からヅクの変化がたどりやすい。ここは表意的な正仮名遣いで考えるべきである。

ごまみそ　ずい

ここが一番難解な箇所で、一般的には「胡麻味噌」と漢字で表されている。前述の『しん板子供哥づくし』では、少女がすりこぎと杓子を持って、すり鉢で胡麻味噌をつくっている絵が描かれている。しかし、これでは前後の脈絡がつかめず、意味が取りにくい。今はそれを離れて、ゴマミソが何かの語の変化ではないか、また、清音のコマミソも考えられないかと、追究しなければならない。これについて、西沢爽はゴマミソはコマイショから転じたと考え、これによってこの歌全体の意味の全容が見えてきた。以下、西沢の所論をもとに説明しよう。

コマイ（木舞）とは壁の下地として、竹を細かく縦横に編み、細い縄で絡げたもので、その職人をコマイカキという。この職人は指の使い方が巧みで、複雑に交叉した竹を組んでいく。これが川柳の題材に好まれ、「こまいかき根津の入り訳け聞いて居る」（柳多留）は、職業柄、遊女との入り組んだ事情を聞き、「こまいかき茶人にいぢりころされる」（川柳評万句合）は建築にうるさい茶人に苦労する。このコマイカキの練達した指の動きが探宮、探春することを連想させ、コマイヲカクという熟語もできた。「女房を稽古所にするこまいかき」（柳多留）、「くじる手の鶺鴒らしいこまいかき」（柳の葉末）と、妄想が膨らんでいく。後の句は古事記にあるように、鶺鴒の尾の上下運動を指し、「こまかい指の動きが…くじる手つきを教える先生のようだ」と言っている（矢野貫一「淫喩辞彙」『文学』平11・7）。江戸語ではほかに「(指)人形（を使う）、指遣う、指木偶、指てんごう」「二本指」なども用いられた。以上により、コマイショの元の形はコマイショウと想定され、コマイショウを経て、コマイショと短縮形になったのであろう。その意味は抉り、弄ろう、いたずら遊びをしようと言っているのである。これが明治期になって元の意味が分からなくなり、コマイショがコマミソ、さらにゴマミソ（胡麻味噌）という日常の食物に解釈し直されたものと思われる。わらべうたはもとより、現代の唱歌、童謡でも、子供は意味不明の語を自分がよく知っていて、分かりやすい単語に当てはめ、何となく分かった気分で歌うことは一般的に見られる国語の現象である。これは例えば、西条八十が「ズイズイズッコロ橋」という童謡（コドモノクニ、昭9・1）で、「ズイズイズッコロ橋、どこの橋、お山の奥の丸木橋」と、橋の名前に敢えて転化して、「親豚コロリンと落ちました」に続いて、「あわてて子豚もズイコロリン」とズイの意味を効かせて、危ない橋を詠み、ズイコロリンを造語したことと根本的に同じ言葉の遊びである。「胡麻味噌」という、もっともらしい漢字の宛字に捕われることなく、ゴマミソ、コマミソと仮名に直して考察しなければならない。

次のズイは西沢の説くように「強調の口拍子」で、冒頭のズイズイをもう一度、念を押すように反復して、調子を整えたものである。それとともに、ズイの次に二拍の休み（休符）を置き、わらべうたらしい、というより国語らしい「二拍＋二拍＝四拍」の韻律を整え、一区切りを示している。このことから、ここまでの本来の形は、ツイツイ　ツッコロバシ　コマイショ　ツイということになる。これがコマイショをゴマミソと濁音化することによって、さらにツイツイがヅイヅイと類推して意識され、この方が調子がよく出て、ヅイヅイの観念が定着した。そうして口承文芸であるが文字で表記するときに、ズイズイと書き直され、ツとヅの関連を失ったまま、この形が現代に至っているのである。

ちゃつぼにおわれて

ここまで進むと、チャツボが何を意味するかが推測できよう。古代語でツビは女陰のことで、その母音交代による語がツボである。これが近世に「能い壺へ懸る明石の浮れ蛸」（柳多留）、「壷がいづみをたたへたは相模が下女」（同）のように隠喩として使われるようになった。また、ツボワリ（壷割）は情交することをさすらしい（『江戸時代語辞典』）。近代に至ると、ツボフリ（壷振）は燗壷振りの略で酌婦、私娼のこと、ツボヤキ（壷焼）は情交の意である。チャツボはツボと同じ比喩として、「新茶の茶壷よなう（注、「なう」

は間投助詞。のう）、入れての後は、こちゃ知らぬ、こちゃ知らぬ」（閑吟集三三）のように、中世の小謡に早く使われている。また、室町時代の『竹馬狂吟集』（明応八年（一四九九））に「握り細めてぐっと入れけり／葉茶壺の口の細きに大ぶくろ」と詠む。近世の諸国の民謡集『山家鳥虫歌』（明和九年（一七七二））には周防の民謡として、「一夜馴れ馴れこの子が出来て、新茶茶壺でこちゃ知らぬ」がある。なお、コチャは「古茶」と「此方（こち）は」が掛けられている。この種のものはほかにも『延享五年小歌集（しょうが）』や山崎美成『歌曲集』（文政三年（一八二〇））などに類歌が多くある。古茶と掛けない単独でも、近松門左衛門『傾城江戸桜』中（元禄十一年（一六九八）上演）に「是は私が女房でございます。まだ新茶ちゃつぼで、ゆふべ口切をいたしました。よいちゃでございます」と、この語が普及していたことが知られる。このツボが形容詞となって、「つぼいなう、せいしゃう（注、青裳、合歓（わむ）の木のこと）、つぼいなう、つぼや、寝もせいで、睡（ねむ）かるらう」（閑吟集二八二）のように、かわいいという意味に拡大して使われた。また、「待ち受ける茶つぼがみちてけさか明日」（軽口頓作）、「うれしさよちゃつぼ見るよな娌（よめ）の腹」（磯の波）のように、子宮や妊婦の腹へと意味が広がっていく。また、コツボ（子壺）は子宮を指す。さらに、短縮されてチャ（茶）そのものが女陰を表すことにもなり、例えば「茶入れ、茶袋、お茶碗、茶を嫁ぐ、茶立女」など多く使はれた（『講座日本風俗史別巻　性風俗』二）。なお、御茶壷そのものが女陰を意味することもあり、『吉原讃嘲記時之大鞁』（寛文七年（一六六七）か）に用例がある（『日本国語大辞典』第二版）。

次のオワレテは追い払われるのではなく、追い駆けられるの意味であり、茶壷（遊女）に追われるように攻められる、強要されるということである。関東地方で「茶壷に蹴られて」という形もあるが（北原白秋編『日本伝承童謡集成』三、昭和十年代に収集。昭51）、特に意味を考えてのことではないだろう。また、ここの部分を「『茶壷が追われて』とあるべきところ」とし、「小娘は悲鳴をあげる」と口語訳する解釈がある（須藤豊彦『國文學』平16・2臨増）。しかし、この歌の本来の形は「に」であり（後述）、ここは茶壷を受動的ではなく、積極的な主体として表現し、話のおもしろさ、意外性を強めたと考える方がいいだろう。

とっぴんちゃん

トッピンチャンは寛政ごろの流行語で、特に深川で口拍子に用いられた語である。「『ヲヤ此子（この）は大それた事をいんなんちゃからか、とっぴんちゃん』『又おかぶの唐人が』」（辰巳婦言）のトッピンチャンは唐人語をまねたもの、「いんなん」は言いなさるの意で、この後に唐言(からこと)めかした軽口がつけられた。特に一定の意味はなく、前句に合わせて調子を整える囃し言葉とも一応は考えられる。

しかし、トッピンチャンはここでは前後の文脈から言って、実質的な意味を担い、一種の擬態語であろう。また、ドッピンシャンの語もあることから、西沢爽の説の通り、トッピはドッピの転訛であろう。ドッピ（ト）は「どっぴとわめいて」（日葡辞書）、「嫁を見にどっぴと路次へかけて出る」（柳多留）のやうに勢いよく立ち騒ぐさまを表す。また、ドッピドッピは「さまざまの者を内へ取込(とりこん)で、どっぴどっぴと騒ぐやら、茶屋だの女部屋など、すべったはころんだはと」（浮世風呂）と、勢いがさらに盛んになるさまを表す。また、ドッピサッピは「表ざしきが乱妨(ママ)な、どっぴさっぴの大一座」（与話情(よはなさけ)浮名横櫛）と使われた。また、トッピキシャという形もあった（半沢敏郎『童遊文化史』）。このことから、ドッピキシャ↓ドッピンシャ↓ドッピンシャン↓ドッピンチャンという変化が考えられる。いずれにしろ、ここはドッピを語基とした複合語を考えればよい。ドッピが清音化してトッピ、さらにトッピンのように撥音のンをつけて四拍子にした方が語として安定し、シャンがチャンに転訛して、より強い滑稽な様子を印象づける。以上によって、歌意は、遊女と攻め合って、戯れいちゃつき、大騒ぎをしていることになる。

（からすべにおわれて　とっぴんしゃん）
（烏坊に追われて　すっぽんちゃん）

前者は『しん板子供哥づくし』、後者は『時代子供うた』の歌詞である。この方が「茶壷」よりも古い形であり、この原形から考えると意味がよりはっきりしてくる。カラスべはカラスメと同じくカラスの蔑称で、船中で売春した比丘尼（びくに）を指す隠語である。烏のような黒い頭巾を被っているところから、この異名がついた。「比丘人はからすのわきへ少し生へ」（川柳評万句合）、「からすめはかへるにたかは見せを出し」（同）などの用例がある。

次のスッポンチャンは、スッパリ、スッペラポン、スップリ、スッペリ（ポン）、スッポ、スッポリなどの一連の語を考え合わすとよい。全部を包み、また露出するときに使う。その上に、「此竹鑓（このたけやり）で泥亀突（すっぽんつき）」（三日太平記）や「臍の下の開帳、すっぽん入れる放生会（ほうじょうえ）」（伊勢冠付）のスッポン（ツキ）は男根の比喩で、その連想もあろう。「すっぽすっぽと抜き差しをして、独りにてのよがり泣き」（「遺精先生の夢枕」寛政元年（一七八九））はスッポの意をよく示している。現代語でもスッポリ、スッポン、スポット、スパットというように、中にすっかり入った状態の擬態語、擬音語として使われている。

（茶壷に追われて　とち車）

（鴉（からす）べいに追われて　とち車）

どちらも『東京風俗志』にあり、後者は別の例として掲げられている。このことからもチャツボとカラスが同じ意味で用いられていることが分かる。トチグルマという語の用例はないが、これは本来トチグルウ（狂）という動詞であろう。トチはトチル、トチメクのトチで、あわてる、うろたえるの意味で近世から使われている。トチグルウはトチクラウ、ドチクルウともいわれて、「憎らしい娘男とどちくるひ」、「さわったらころびたそふにとちぐるひ」（川柳評万句合）のように、男女がふざけて、狎（な）れ合っていることである。トチトチ（ト）という副詞もあった。以上、四つの異なった歌詞を考え合わせることにより、言葉は少し違っていても共通した一儀を示していることが看取される。

ぬけたら

この句は先の、ズッコロバシとゴマミソとともに難しい。西沢爽はこれについては何も触れていない。ここで肝腎なことは、ヌケタラのヌク、ヌケルをどのように考えるかということである。ヌクは中から物を取り出す、自分の側に引き寄せる（抜く）意味と、物を突き刺して対象の向うに出るようにする、向う側へ押す（貫（ぬ）く）意味の両面がある。これは「抜き出す」と「通し入れる」という「方向を可逆的に…対義的共義をなしたものである」（森重敏『続上代特殊仮名音義』）。このように、ヌクは先後と内外の両方向へ進むという二つの意義を持っていて、大別すれば、「ひきぬく」と「さしこみつらぬく」である（『角川古語大辞典』）。このことは方言の使用例を見ても理解できる。『日本方言大辞典』によれば、ヌクは「刺す、刺し貫く」（熊本）、「差す、差し込む」（佐賀、「刀を鞘にぬく」）、「指先や棒の先で突く」（沖縄）、ヌケルは「穴や深い所に入り込む」（新潟）など、向こうや内への方向の意味にも用いられている。

ここで思い合わせられることは、「いろはかるた」（京、江戸とも）の「月夜に釜を抜く」である。このヌクは一般的にはヌカレルと同じで、句意は油断、迂闊なこととされる。ところが、駒田信二は別解として『艶笑いろはかるた』で、ツキは月の障り、カマは「表門でなく裏門」と考え、ヌクを「裏門を使う」と解き、江戸の川柳として「月の夜は釜を抜く気になる亭主」、「おりふしは妾月夜に釜抜かれ」の句を挙げている。この種の用例はほかにもあり、「月夜に釜も親のした事」（武玉川）、「釜を抜いて、弍朱ではやすい」（東海道中膝栗毛）がある。後者は風呂釜を踏み抜いたことを掛けている。また、永井荷風の『濹東綺譚』で有名になった玉の井遊廓の各路地の入口に掲げられた看板「抜けられます」のヌケルをどう解釈するかである。「ごたごた建て連なった商店の間の路地口には『ぬけられます』とか、『安全通路』とか…書いた灯がついてゐる」。この「ぬけられます」は普通に考えれば狭い路地を通り抜けて、外に出られるということであろう。しかし、笹間良彦はそのような「ご親切な意味ではなく、玉の井私娼窟の一画にたどりつけますという意味で」あると指摘する（『図録性の日本史』）。もしそうであれば、「ちかみち」「安全通路」（滝田ゆう『寺島町奇譚』『昭和流れ唄』）も目的地に至るための指示ということになる。このように考察していくと、ここのヌクはヌキサシのヌキではなくて一応は刺し込む、突き入れると解釈できる。

　この語の基本的な意味はこれでよいのだけれども、このままでは前の句の内容とやや重複することになる。そこで、もう少し近世語としての分析を究めていかねばならない。中野栄三の『江戸秘語事典』によると、ヌクは「交会御法（ぎょほう）でいう秘語」であって、「抜けるまでおけば女房機嫌也」のように、「遂情」にいい、ツツハライ（筒払）やトッパズス（トリハズス）と類語であると説明する。後者は「女のあさましさについとっぱづしそうになる時、紛らかすが法さ」（部屋三味線）のように、女郎が「思わず真情を現わしてしまう」ことで、これはシオチ（仕落）で恥とされるが、ついうっかり我を忘れてしまうのである。ヌケルは中野の説くように、江戸語のイク、デル、オクルと同じ状態を表す閨房語であった。このヌクは現代語の「生きぬく、勝ちぬく、困りぬく」のように、「最後まで、すっかり…しとげる」のように、頂点、限界を極め、至り着くという意味もある。このような語感が江戸語のヌケルにもあったと思われる。以上の考察により、ヌケタラは絶頂感の境地まで読み取っていいだろう。なお、付け加えれば、現代の風俗業界で使われるヌク、ヌキの意味（『日本俗語大辞典』ほか）が近世語にあったとは考えられない。

ところで、小野恭靖はこのヌケタラの意味について、「茶壷に見立てられた子どもたちの親指と人差し指で作った穴から、順番に挿していく指が抜ける状態を言うものと考え」、「茶壷はそれ自体に意味はなく、指遊びの様子が歌詞の中に混入したものと見たい」と述べる（『子ども歌を学ぶ人のために』）。本体の歌詞の流れに別の歌詞が「混入」して一つの歌になったというのである。この考える方向に沿えば、仮に、「指が抜ける状態」に対して、指を入れる状態を冒頭の句で、「突き、突き、突き転ばし」と仮に想定することもできよう。しかし、意味もなく突いたり抜いたりする動作、状態そのものを言葉で表現するほど重要であろうか。また、「茶壷」に意味がなくて「追われて」以下の内容が成り立つのであろうか。ヌケタラの新しい解釈が「性的な意味で深読み」することを避けて、この歌全体とどのように関わり、位置づけられるか、明確にできず、結局、ほかの論者と同じく、一部の語句のみの解釈に終わっている。ヌクには国語として「飽く」「いい」「いみじ」「かげ」などの語と同じく対義的な共義（両義）があること、近世語として特別の用法があったことから考え直さねばならない。なお、変形した歌詞として「まけたら（負）」があるが（東京、『童謡集成』）、意味を持つ一定の解釈が入っていよう。

さて、先に「かごめかごめ」の籠の中の鳥の解釈で、大略、次の通り述べた。安永八年、黄表紙「かごめかごめ籠中鳥」では「籠の中の鳥」を遊女として解している。同じ時代にこの語はその意味で浮世草子や浄瑠璃、歌謡、川柳などにも使われ、長い間、一つの観念を形成していた。従って、わらべうたにもその影響があるかもしれず、古調の「鍋の底抜け」も新たな視点から検討し直せる。ここで、「鍋」が女陰、または女性の異称として使われてきたのが一つの手懸かりである、と。しかし、前節は現行の歌詞を読解、解釈することが中心で、以上のままで置いておいた。ここで、その続きとして、本節の内容の関連から新しい解釈を提示する。

黄表紙の「一生鍋の底抜け」は、続いて「鍋の底抜いてたもれ」と問答していることから「底抜けだ」という体言ではなく、「底を抜け」という命令形である。前者は輪を廻る子供達、後者は輪の中にかがむ子が発言している。ここは表面上の意味は、輪である鍋の底を抜いて早く外に出て行けと問いかけ、鍋の底をどうか抜いて外に出して下さいと答えたということである。しかし、ナベを前述の秘語と解し、また、ヌクを前述のヌケタラと同じように解したら、別の意味が浮かび上がってくる。即ち、鍋の底に突っ込めとみんなで言い合うと、遊女に見立てられた子はどうか鍋の底を突き通して下さいと泣き言めいて答えたのであろう。それが意味が取りにくくなり、二十年後の太田全斎の『諺苑』で「抜いてたもれ」が「入れてたもれ」と、より分かりやすい語に取って代わったのであろう。この新解釈はあくまで「かごめかごめ」の発生を当時の「籠の中の鳥」とする前提から考えたもので、これが遊戯を伴うわらべうたになった後のことを言っているのではない。ヌクという動詞を「ずいずいずっころばし」と同じ意味に取って解釈し直したのである。「かごめかごめ」も改めて言えばやはり元の歌は大人の歌であり、それが子供に変形して伝わったと考えるのが自然ではないだろうか。

どんどこしょ

さて、ドンドコショは大声で呼び立てる声を意味するドンド、ドンドリ（ト）、また、物事が勢いよく進んだり、唄や鳴物入りでどんちゃん騒ぎをするドンドン（ト）に関連しよう。これらは「二階中が引っくり返りの大どんどん」（辰巳婦言）のように大騒ぎをしているときの擬音語、擬態語である。景気よく派手にという意味のドントもあり、「芸者なども大勢呼んでどんとさわいで居さっしゃる」（南門鼠）のように、現代語にも引き継がれる。ショは「よいしょ」「わっしょ」「どっこいしょ」のショで、力を入れた掛け声を示し、その上、語として安定させる接尾語である。

ところで、大阪で明治時代まで「十二月（つき）」という手まり唄があった。正月で「じっと手に手を、〆の内とて、奥も二階も羽根や手まりで拍子そろえて、音もドンドと突いてもらえば、骨正月や、こたえかねつついく如月の…」と歌う（牧村史陽『大阪ことば事典』）。このドンドは左義長のことで、大阪ではトンドというが、問題のドンドコショと共通した意味合いを含み持つことは推定できよう。江戸も上方も同じ発想で捉えていたのである。ちなみに、この歌について、田辺聖子は「一年十二カ月の季節や年中行事をよみこんである手まり唄だが、性的な意味を大胆に含ませてある。これを遊里で歌うのではなく、一般良家の童女が日常に歌い慣らし、いつとなく性教育をかねていた」と言っている（『ああカモカのおっちゃん』）。

このドンドコショは本来ドンドンショであったかもしれないが、どちらとも太鼓の音を連想させる。『しん板子ども哥づくし』では、鉢巻をした少年が太鼓をたたいている絵がある。また、ドンドコカッカといえば神輿が渡御するときの太鼓の音であるが、そのままで祭りをも意味する。そこで、オマツリといえば、「御祭りは先祖の血筋きらぬ為め」(柳の葉末)、「おくびに出るほど(注、いやといふほど)お祭をしたら、明日(あした)は目が窪むだらふ」(小袖曽我薊色縫)のように、交合のことである。オマツリガワタルという語もあった。これは「神輿振りの擬態」という要素もあったが、もともと神と人間との交流である祭りを神人合一と考えたことの類推による(樋口清之『性と日本人』)。このことから、ドンドコショが祭りを想像させるほど大騒ぎをしている状態であるとともに、オマツリの様子であることが分かり、それはやはりヌケタラによってなのである。

(抜けたァら　との字のどんどこしょ)

『時代子供うた』ではこの形になっており、これが古いもので、トノジノが四音で長く、また意味が分からなくなって省略されたのであろうか。このトノジは語頭に「と」の字がつく言葉という意味で、「床(とこ)」の「と」を取って表した。これは中世の女房詞の伝統を引く文字言葉と言われ、江戸語としては「ほの字」(ほれる)、「御目文字」(お目見え、目通り)、「はもじ」(はづかしい)など好んで使われた。トノジとは「何かあらいあひさつ(注、挨拶)ばかりで、さっぱり、との字なんざァなしさ」(猶謝羅子)のように、もともと岡場所の隠語で、床、つまり閨中のことである。また、「との字が荒い」は床が荒い、多婬であるという意味で、右の原注に「ひつっこひきゃく（注、しつこい客）をいふ」とあり、「山さんはだい一とこがあらし、そしてすかぬ事をいひんす」（こんたく手引車）という用例もある。現行の句と比べて、この古い形の方が意味がより明瞭になっている。なお、『時代子供うた』の歌詞はここで終わっている。元来、ここまでまとまった歌であったが、流布するにつれて、次に語句が新たに付け加えられたものと思われる。

たわらのねずみがこめくって　ちゅう　ちゅう　ちゅう　ちゅう

このタワラは『日本全国児童遊戯法』では東京、伊勢とも「棚」とあり、これが本来の形と思われる。西沢爽はタワラはタナ（棚、店(たな)）で「貸家、長屋」か、また、ネズミについては、約束があるのに短時間、ほかの客の相手にある女郎か、あるいは、ネヅレ（夜這ひ）かと推測する。しかし、前者は近世ではヌスミ（盗）といい、上記の意味にネズミが使われるのは明治中期である。これはヌスミとネズミの相似た語形の混同による。また、須藤豊彦は「田原の鼠（いたずら者）ではないか」というが（『國文學』日本の童謡）、この歌の場を野原という前提で解釈していて、やや唐突の感を免れない。ここで参考になるのが京都のわらべうたの「下駄かくし　ちゅうねんぼ　はしりの下のねずみが…」である。

この「はしり」は台所の流しのことだが、今の子供には縁遠く、だんだん意味が分からなくなる。そこで、子供は使い慣れた言葉に替えて、「柱の下」「橋の下」と納得して歌うことになる。以上のことから、ここはもと「棚の鼠」であり、これが次のコメクッテの関連から、コメを「米」と考えて、「俵の鼠」と転化したのであろう。

次のコメクッテはやや難しい。西沢は「ひどい目にあうの江戸語」で、「やり込められる」のコメだと言う。しかし、出典の明示はなく、江戸語のどの辞書にもこの語は見当たらない。また、他動的なコムが右のような受動的な意味で使われることはない。ネズミを私娼、密娼の意とすると、「子めくって」とも考えられようが、これは中古語である。あるいは「込め狂って」なら、色狂い、色情にふけるとしてもよいが、少し無理がある。『東京風俗志』では、「これがほんとの鬼ごっこ、俵の鼠が豆喰ってちゅう、米喰ってちゅう」と、豆と米を対比的に並列している。また、「俵の鼠が米喰ってちゅう、粟喰ってちゅう」という変形もある（関東地方、『日本伝承童謡集成』）。これらを参考にして考えると、もっと素直、単純に、驚きあわてる意のアワ（ヲ）クウ（クラウ）の「泡」を「粟」と取り、それが日々の生活に馴染みのある「米」に転じたと解したらどうだろうか。つまり、元の形はタナノネズミガ　アワクッテではないか。タナは店ではなくて、棚（戸棚）で、それがネズミの関連から米俵のタワラに転じたのであろう。ここはあまりの狂態に鼠が当惑し、驚きあわてている滑稽さを表している。

ここで気付くことは、今までの物語的な内容から批評的、第三者的な口吻に移っていることである。以下の文句を見ても、それまでと違って江戸語ではなく、現代語の感覚で表現されているように思える。この部分は後の、明治後期ごろの追加であろう。

この後に、まずチュウと歌い、続けて三回チュウを歌う。この三回は三拍子ではなく、次に一拍分の休止を置くことにより、四拍子の韻律として、口拍子を整える。ここで、意識的に繰り返すことによって、特別の意図を生じさせるのが国語の表現というものである。鼠の鳴き声を擬音的に表すだけでなく、特定の意味合いをそれとなく漂わす。ネズ（ミ）ナキは枕草子で、人が鼠の鳴き声のように口をすぼめて鳴らして呼ぶことに使われているが、今昔物語（巻二十九第三）に「半蔀（はんじとみ）のありけるより、鼠鳴きを出して手をさし出でて招きければ、男寄りて」と、女の客引きとして用いられている。近世には特に遊女が客を呼び入れるときにこの声を発した。ここは鼠が鳴いていることになっているが、女郎が客を引く媚態の様子の雰囲気を同時に漂わせている。さらに、この擬音語はクチスイ（口吸）をも表しているだろう。三回のチュウは接吻の音をも意味し、夢中になっている男女の切実な状態を暗示し、鼠のおもしろい動作と落差をつけ、二重写しにする表現効果をもたらす。ちなみに、「ちゅう　ちゅう　たこかいな」は二つずつ、五度数えて十にする数取りの文句であるが、意味のない句ではない。熱烈な情が激しく、吸付きがまるでタコ（蛸）のようだといい、さらに、タコそのものが特殊な女陰を意味する。その上、タコカイは蛸開（たこかい）であり（中野栄三『江戸秘語事典』）、カイ（女陰）と終助詞カイを掛けている。このように、チュウの畳語は単なる強調ではなく、いくつかの暗示を含ませ、この歌の淫靡な諧調を成しているのである。

おとつぁんがよんでも　おっかさんがよんでも　いきっこなぁし（よ）

この句は明治期の資料にはなく、その後の第二次の、やはり批評的で観察的な追加であろう。意味は説明するまでもなく、子供の遊びでもいいが、「丁稚と小娘」（『江戸秘語事典』）のような、男女の若者が隠れて秘密の性戯にふけっている最中で、親に呼ばれても行くはずがなく、息をこらしていると考えてもよい。

いどのまわりで　おちゃわんかいたの　だあれ

この句は普通には省かれることがあり（町田嘉章、浅野建二『わらべうた』）、第三者の評語めいた口吻になっている。第三次の補作、追加であろう。イドは一般的に居所、居処で、尻のことであり、京都では現代でもオイドという。西沢爽はこれをその意味に解した上で、「ゐどを廻して」とも考えてか、「廻すは輪姦の意味にも考えられる」と述べる。この解釈は「廻りを取る」から類推したのであろうが、一方、江戸語で「廻しを取る」があり、前者の語が後者の語の意味に使われることもある。しかし、このことから、イドノマワリをそのように考えるのは曲解である。このイドノマワリは江戸語のイドバタ、イケノハタと同じ意味であり、陰門のふち、へりを指している。次のオチャワン（御茶碗）は無毛の女陰、カク（欠）は割るで、「新鉢（あらばち）を破（わ）る」と同じ意味であり、ハチはやはり女陰である。このカクはそれ単独で、また、タレ（垂）ヲカク（掛）、カクヤッカイとともに交合を意味する。ここは前の句と同じく、第三者的な立場から処女を犯したのは誰だとひやかして、囃し立てていることになる。さらに、自分のことを言いながら、しらばくれて自分は知らない、一体誰だと平気を装っているとも考えられる。

以上が第一義で、次に、イドノマワリを比喩的にではなく、そのまま井戸の廻りと二重に解することにより、「井戸（の）端の茶碗」という語ができた。あるいはこの語句がもともとあって、先の句ができたかもしれない。この句は井戸の端に茶碗が載っていることから、危ないものの譬えに用いられ、「井戸端の茶碗、有常油断なり」（柳多留）は伊勢物語の業平と有常の娘との幼馴染みの初恋（筒井筒）を踏まえている。従って、年頃の娘の危うさをも暗示していることになる。それ以上に、「ちの字とめの字まくり逢ふ筒井筒」（柳多留）、「めめっことちんこが井筒覗いてる」（末摘花）のような破礼句（ばれく）も詠まれた。イドノマワリ以下のこの句は三重の意味を持って、想像が広がってきたのである。なお、このように、ドンドコショまでを本体、以下を後代の追補とした場合、この元の歌を当然、性意に解していたことになる。この歌をそのような意味がないとする立場に立つならば、右の本体の句までにおいて、別のまとまった構想、趣意で解釈し通さねばならない。

ずいずい　ずっころばし
ごまみそ　ずい
なんべんやっても　とっぴっしゃん
やめたら　どんどこしょ
こたつの　こねこが
ころんで　ニャア
ニャア　ニャア　ニャア
とだなの　ねずみが

それきいて　たまげて
こしぬかしたよ

第四次の追加というべきものが、この二番の歌詞である、これは一般的には知られていないが、その成立について調べた結果は次の通りである。昭和三十年に岡田和夫編『日本民謡合唱集』（飯塚書店）が刊行され、二番の歌詞が掲載された。これが初見だが、この作者については不明である。一方、戦後まもなく「うたごえ運動」が働く若者が中心になって起こり、同三十年代半ばに最盛期を迎えたが、この周辺から、二番の歌詞が生まれたという説がある（上笙一郎編『日本童謡事典』）。これが事実であれば、右の『日本民謡合唱集』の発行の時期とほぼ一致する。その後、同四十八年ごろにキングレコードがレコードアルバム集『美しき日本の歌』を刊行し、その『幼き日の調べ』の中に一、二番を三橋少年民謡隊が歌っている。続いて、『日本唱歌童謡集』（昭52、飯塚書店）に、「日本古謡　岡田和夫編曲」として収まり、カセットテープ『わらべうたベスト30』（平11、キングレコード）にも収録された。以上により、この作者も年代も確定できないが、言葉遣いや発想がより現代風で作為的であることから、昭和三十年ごろに岡田和夫、あるいはその周辺の好事家が補作したといっていいだろう。

この歌詞を読むと性の意味に基づいていることはより明らかで、このことから、本来の一番の歌詞もやはりそのように解していたということになる。ただ、ここのヤメタラは一番のヌケタラを江戸語ではなく、現代語の感覚で解いているが、止むを得ない。鼠の代わりに猫を登場させ、コロンデとしたことは一番のコメクッテを簡単にあわてると考えたからであろう。タワラノネズミに対してトダナノネズミとしたのも、より分かりやすく、また、人間的に仕上げたのであろう。ネズミがタマゲテ　コシヌカシタというのも、よりおもしろさを引き立てようとした。総じて、この二番は一番の内容をなぞって、別の簡明な言葉に言い換えただけで、新しい、おもしろい独自の発想には欠けている。

以上の通り、一語一句ごとに、また、違った歌詞を比較対照させながら、詳細に分析し、解釈してきた。この歌は支離滅裂でも、不可解でも、無意味でもなく、前後に矛盾なく、整合して一貫した物語をなしていることが理解された。しかも、わらべうた特有の動作、遊戯を伴っていて、また、遊びの指の動きが歌の内容に合っていることも確認できた。これは決してもとから子供が歌ってきた歌でも、子供らしい歌でもない。まして子供が作ったとは考えられない。西沢爽の言うように「江戸の私娼窟の岡場所あたりの戯れ唄だったのが、子供達へ伝播したため、元の歌詞が転訛し、意味不明の歌になってしまった」とするのが妥当である。大人が世間に持ち込み、子供がそれを聞いて、韻律のおもしろさと難しい言葉から興味を持って、子供に分かる言葉に置き換えて、指遊びの唄、鬼決めの唄として、歌い、遊びながら広がっていったのであろう。

類歌による検証

「ずいずいずっころばし」にはこれを元歌とする相似た歌詞の類歌が数多くあり、全国に分布している。これを見るには、尾原昭夫編『日本のわらべうた室内遊戯歌編』（昭47）と『日本わらべ歌全集』全二十七巻三十九冊（昭54～平4）が便利である。それらはやはり指遊び唄、鬼決め唄で、指の使い方も元歌と変わりはない。その歌詞を詳しく読解することにより、「ずいずいずっころばし」の本来の意味がより明確にされてくる。以下、両書を中心に引例して、解釈していく。

からすぼう／とちぐるま／どんぶりばち

「からすぼうにぬかれて　とちぐるま　とちぐるま」（長野）「からすぼうに追われて　とちぐるま」（静岡）は、前述の『時代子供うた』と『東京風俗志』の歌詞が入り混じっている。カラスボウ、ヌカレテ、トチグルマと、元歌の中心語を使って意味は通っている。「どんぶりばちしょ　いちくにくなめたか…そらぬけた　たのすけよ」（群馬）のドンブリバチ（鉢）は女陰の隠語である。イチクニクのクは口の意でひとくち、ふたくちの意であろうか。あるいは、イッチクを一と解し、ニクを二として、一、二と進行する意か。「ずいずいくるまのはかたごま　このちょへあわせて　あわすかぽん」のクルマはトチグルマかクルワ（廓）の転訛であり、ハカタゴマはこぶしの大きさの蓮の房の形をした木製のこまのことで、握ったこぶしの比喩である。それをチョと表している。チョはチョ（ン）コ、チャ（ン）コと同じく女陰で、アワセテはアウ（合）を含み、交合のことにほかならない。

「いっちくたっちく」の歌

『童謡集（童謡古謡）』にも収められる「いっちくたっちく」は片足飛び唄で、これが後に鬼決め唄になり、広く分布している。『時代子供うた』では、次の通りになっている。

いっちくたっちく　太右衛門殿の乙姫様は／湯屋で押されて泣く声聞けば／ちんちん
もぐもぐ　おしやりこ　しやりいこ

イッチクタッチクは歌い出しの句として軽やかで明るい調子のよい韻律であるが、はっきりした意味は不明である。次のタエモンを引き出すための序詞的な言葉であろうか。タエモンはタエモノ（妙者）で、美しい娘、よい女のことで、柳多留、膝栗毛、浮世風呂などに多くの用例がある。穎原退蔵は「牡丹屋太右衛門の花壇が名高くなった寛政頃の文献から見える点で、牡丹の美しさに比する意で言出した言葉であるまいか」と言う（『川柳雑俳用語考』）。ユウヤは銭湯、風呂屋のことで、江戸時代、男女入込浴（いりごみ）といって、混浴の時期があり、狭い上に暗く、騒々しく、風紀上よくなかった。ここは、押されもがいて、よがり泣いているとも解釈できる。湯女（ゆな）風呂もできており、遊興的な一面もあったことに注意しなければならない。なお、オサレテの代わりにモマレテ（揉）という形もあり（千葉、『童謡集成』）、より真に迫っている。また、「茶ぽ壷」と歌い出す地方もあり（栃木、同）、この歌の一定した受け止め方がうかがえる。「陸中国盛岡雑謡」では「ほッぷくほッぷく」と歌い出し、「ちゃうすの茶釜に毛がモックとはいのすけ」という類歌がある（『続日本民謡全集』）。チャウスとチャガマは女陰で、モックトは岩手の方言で、むっくり、たくさんという意味である。イッチクタッチクの歌は軽快に、片足で飛ぶように遊ぶ歌が起源であるが、握りこぶしの指遊び唄になったためか、だんだん露骨に卑猥に落ちていく。こういうところから、元歌の性格も考えてみなければならないのである。

次のチンチンモグモグはチンチンという語をもとにして、チンチンカモ、チンチンモ

(ン)グラ、チンチンオテマクラ(手枕)、チンチンコッテリ、チンチンスルなどの語や、チンチンカモノアジ、チンチンマツリなど、もじった語が多様に派生して、すべて男女が睦み合うこと、仲のよい情交を意味する。オシャリコ、シャリイコはシ音とヒ音の混同からオヒヤリコ、ヒヤリコともいう。オヒャルはおだてる、なぶることで、ここはおだててなぶりものにしている状態を意味しよう。『東京のわらべ歌』では、この代わりに「しっし　しらの貝　ほっほ　ほらの貝」とある。このシシ、カイ、ホラ(ノ)カイは江戸語ではどれも女陰を表す秘語である。「乙姫さんがね、ちんからぼうに、負(ほば)されて　泣く声きけば、ほっほ、法螺(ほら)の貝」(群馬、『童謡集成』)のチンカラボウは元歌の別語カラスボウとチンチンカモの合成語であろう。ホバサレテは不詳だが、「負」の漢字から意味は分かろう。ホラノカイはホラガイで現代の隠語として大きな女陰を表し、全体として卑猥なことを歌っていよう。このように「いっちくたっちく」の歌は全体として美しい娘がいじめられている様子を歌い、やはり性意を含んだものと認められるのである。

東西／井戸端の茶碗／花が咲く

「いっちくたっちく…東西まくらで銭(ぜに)せいて　金せいて　おチョンチョン車の　こすず

小山の　松竹のけろォ」（千葉）のトウザイとマツタケは男根のことだが、前者は興行物の言葉かもしれない。オチョンチョンは女陰、（オ）スズ（鈴）はスズグチ（鈴口）とともに亀頭の隠語である。セイテはセクで急かす、促すということだろうか。露骨な言葉を並べて、隠喩的な表現をしているが、全体の意味はおおむね通っている。また、同じ千葉で「おっちょんちょんぐるまの　松の花　咲いたか咲かねか」（『童謡集成』）とある。マツはマツタケの異名であるが、ハナサクには別の意味がある（後述）。「…東西ざくら　いろさし名乗れば　子ども衆もチョイチョイ　抜けろ抜けろ」（長野）はトウザイとヌクがあり、チョイチョイはやはり女陰である。東西ざくらのザクラはザクロ（女陰）の転訛であろう。「おちんちん　ころ　おまんまん　ころ」（静岡、『日本歌謡集成十二』）もある。

「井戸のはたの茶碗は　あぶない茶碗で　麦の粉に花が咲いて…抜けた」（鳥取）は一読して分かりにくいが、鍵となる言葉が散りばめられている。「男髷やめねばならぬ花が咲き」、「初花が咲いて母親垣をゆひ」（柳多留）のハツハナ、（ハツ）ハナガサクは初潮を見ることであり、右の語句は「あぶない」思春期で、母親の監視や見守りが厳しくなったことをいう。また、ムギはこの場合、現代の隠語として、バク（麦の音読み）、オシムギ（押麦）とともに女陰を表わす。「麦の粉」の「粉」は余計な言葉で、単純に「豆に花咲くと小豆(あづき)の飯を焚(た)き」（柳多留）と同じ意味と考えればよい。これに続いて、元歌と同じくヌケタがあり、これで全体の主意が推測できよう。この類歌として、「井戸端の茶碗かけ、危いのんの、野菊の花が咲いたか咲かぬか　まだ　わしゃ知らぬ　ちょこつん　ぬけろ」（埼玉、『童謡集成』）がある。麦が野菊に変わっただけで、基本の構成と意味は同じであるが、「まだわしゃ知らぬ」が思わせぶりで、陰湿である。チョコツンは少しの意の副詞ともとれるが、（オ）チョコ（猪口）で女陰と考えるべきであろう。また、「…乙姫さまらは　鬼に追われて…畑のねずみが麦食ったポイ　抜けたかポイ」（栃木）のムギクウは元歌の「米食う」の変化かもしれないが、次のヌケタによって別の意味かもしれない。また、「池のはたへ茶碗置いて　あぶないものだよ」（福井）、「おかみさん　おかみさん　井戸端茶碗おいて　あぶないと　抜けたとせ」（静岡）も前述のイドバタノチャワンが歌われ、『伊勢物語』に出る筒井筒の子供の幼い恋をやはり暗示する。この種の歌は千葉、山梨にも伝えられていて（『童謡集成』）、「あぶない」とともに、同じように、ヌケタも使われているることから、元歌の趣意を踏まえている。「東西見つけた　鬼とさかずき　なるてんと」（島根）はトウザイがあり、サカズキ（杯）はやはり女陰の隠語である。

方言による類歌の断片

「じっぽうはっぽう」

中世から歌われた「じっぽうはっぽう」という童謡があり、その断片が残るとされる類歌（尾原昭夫）もよく注意すると、破礼句を含んでいる。「いっぷくてっぷく　まめだかよだか　咲いたかつぼんだか　ごしょうぐるまに　ほっかいほろほろ　手いれてみたらあぶらしっかのしか　かわらけばかりが　つえのしシャッポ」（山口）について、マメダカのマメ（豆）は陰核、転じて女陰の秘語で、マメイリ（豆炒）は情交を表す。ヨダカ（夜鷹）は夜の最下等の私娼、ホッカイホロホロは古事記（大国主神）の「内はほらほら、外はずぶずぶ」を類推させるか。カワラケは無毛の女陰である。サイタカツボンダカはサイダカツムダカという形にサク（咲）とツボム（窄）の動詞が含まれ、何か意味があるかもしれない。大まかな内容は取れそうで、このような思わせぶりで露骨な歌がわらべうたとして残っていたのである。ちなみに、ゴショウグルマは後生車、供養車のことと思われる。これは標柱に南無阿弥陀佛と記し、下の方をくり抜いて、車井戸の車輪のようなものをはめ込み、これを廻しながら亡くなった人の菩提を弔うものである。山口県に確かにあるが、岩手、宮城、山形、福島県など東北地方に多く見られる。この語がどのような意味を持つか、推測できないことはないが、未だ確言できない。

同じく、「いにふにだし」という中世の童謡と類似する歌で、「ひにふにだるまどんが夜も昼も　赤い頭巾かずきとおしもうした」（京都、大阪、『守貞漫稿』）のダルマは私娼、ズキンは白手拭を頭に被っていたヨタカや前述の黒頭巾のカラスの類推による語であろう。「ひぃふうひんだり　だるまのだっちゃー　きんたまししにくわれて　しっしらしの　ししのけ」（岩手）は、ダルマ、キンタマ、シシ、シシノケと下品な言葉が並んでいる。

「ジョイタカケンポ」

「ジョイタカケンポ」という鬼決め唄が鹿児島の三地域で伝えられ、元歌（「ずいずいずっころばし」）と同じく握りこぶしを使う。そのうち、比較的分かりやすい肝属（きもつき）郡串良（くしら）町（現、鹿屋市）の歌を挙げる。

ソイダカケンブシ　豆ちゃんに長次郎　長次郎が母（かか）はきど豆チャンゴメ　イックイ
チャックイ　大福殿（でぶつどん）のおかげで　のしゃらんせ

キド豆のキドは珍しいという意味の方言、マメは陰核である。チャンゴメは「ある種の隠語」と注があるだけだが、前述のチャコ、チャンコと同じく女陰である。イックイチャックイは前述のイッチクタッチクの訛りかもしれない。デブッドンは当地の方言で「大黒様」（大黒天）のことで、これは「性神的」な要素を持ち（樋口清之『笑いと日本人』）、男根を象徴している（西岡秀雄『図説性の神々』）と解釈できる。ノシャランセも南九州の方言で幸運であるという意味で、注に「いい目を見なさい」とある。以上によって大体の意味が理解できよう。

「つぶや　つぶや」

「つぶや　つぶや」は北海道、東北、東海地方で元歌に代わるわらべうたとして伝承されている。

つぶや　つぶや　豆つぶや／醤油で煮つけて　あがらんせ／どうも　どうも　しょっぱいな　（青森）

つぶやつぶや　ぬけつぶや／去年の春　行ったれば／からすといふ　ばか鳥に／ズックリモックリ　刺された　（宮城）

このツブは田螺（巻貝）のことで、現在も全国で方言として使われている。握りこぶしを田螺に見立てて、指を刺して鬼を決めるときに、元歌と同じように歌われる。右の前者は特に意味のなさそうな歌であるが、後者はどこか隠喩的な意味合いが含まれていそうである。『角川古語大辞典』によれば、タニシの古名はタツビ、タツボであり、巻貝の総称であるツビが「同源」として女陰を意味した。また、タツブともいい、カタツブリはカタツビともいう。『日本方言大辞典』によると、タにツブやツボがついた語、ツブにドンやメがついた形が多く収録されている。このことから、タニシを女陰と考えるのが妥当であろう。次のマメツブ、ヌケツブのほかに、ムキツブ（剥）の形もあり（『新講わらべ唄風土記』）、転訛であっても共通の意味を保っていよう。

このタニシは川柳の題材に好まれ、「田螺ばっかり拾ふ十三」（末摘花）は数字が年齢を表し「十三ぱっくり毛十六」（同）を利かせたとされる。従って、カラスはこの場合は黒いことから男を指し、ズックリモックリは擬態語である。以上によって、この歌は、タニシを茶壷と同じく、物として握りこぶしの比喩と解釈するだけでは表面的で浅い。全体を見れば今まで挙げてきた歌と同じように性意で取るのが自然ではなかろうか。

チンボラー

『沖縄のわらべ歌』によると、「いっちくたっちく」系の歌がいくつか採取されていて、指遊びは元歌と同じで鬼決め唄である。ただし、意味不明とするものが多く、ここでは代表的な那覇市首里の歌を掲げる。

いっちく　たっちく／十二（じゅーに）がふぃがー／ちくむく　チンボラーが／御殿（うどウン）ぬ　後（くん）んじ／
ふーるが　やい

チンボラーとは「沖縄の浜では、どこでも見られる…小さな巻貝」で「ちょこんと突立っている」といわれる。ジュウニは十二歳で、イッチクタッチクの歌から若い娘と考えたらどうだろうか。チクムク　チンボラーは「みだれ髪」という説がある（島袋全發『沖縄童謡集』）。ウドウンは御殿と漢字表記があるように、御殿、豪邸であるが、フールは便所という意味がある（『沖縄語辞典』）。しかし、これだけでこの一首を解釈するのは不可能で、現在も意味不明とされている。ただ、イッチクタッチクの歌い出しの句、巻貝と娘、また指遊びの動作から、元歌と何らか関連した意味は本来あったのであろう。

このほかに『日本わらべ歌全集』で各県のこの類歌を丹念に調べていくと、同種のもので省略したものが多く、形が変化して、その土地の方言らしい言葉で綴られている。この書の語釈にはその時点で既に意味不明とされるものが多く、これ以上明らかにすることができず、今後はもはや無理であろう。とは云え、以上の説明からだけでも、「ずいずいずっころばし」が転訛、派生した類歌と元歌に根源の捉え方や発想は基本的に同じであって、拙論の補強になっているとしてよいであろう。

歌の行方

わらべうたは必ずしも子供が作り、伝えていったものではない。また、いつも素直で明るく、かわいらしいものでもない。子供の持つ性質と同じく、意地悪で陰湿な面もあるはずである。子供は歌の意味を前もって、また、十分に知って歌うことはなく、その必要もない。調子が整い、感じとしておもしろければそれでよく、大人になって自然に気づくこともあってよい。江戸以来のわらべうたを現代の童謡と同質のものと思ってはならない。純真な童心を歌うというのは大正時代の「赤い鳥」のころで、それはそれで大切なことではあるけれども、子供の歌にはもっと別の一面もあるのではないか。替え歌でもかなりきわどい内容を歌っていることはあり得るのである。

以上に解明してきた通り、わらべうたの中には性の意味を含んだものが残っており、子供ははっきりと意味は分からなくても、何かを感じているのではないか。それは子供なりに避けて通れない長い道である。無意識的であっても、感覚的であっても、変に思いつつ、またどこか興味、関心を引きつけられながら成長し、自然に性教育の役割を果してきたかもしれない。そこにわらべうたの、人間味の籠る真実の深さがあったのである。

なお、この「ずいずいずっころばし」は現在、以前ほど歌われなくなったようである。子供が歌うわらべうたとしては隠微で暗く怪しい曲調で、指の動作も単調で面白みがないことによろうか。また、拙論を最初に論文の形で発表した後に、『日本童謡事典』（平17）に結論が紹介され、徐々に本当の意味が知られ、控えられているかもしれない。著者はその傾向で良いと思っている。この歌は少なくとも意図的に普及、保存すべきものではない。今後、歌われなければ、ゆるやかに自然に消えてゆき、歴史的な文献にのみ残されるだけである。この種の歌のたどる運命というべきである。

9　花いちもんめ

不明 作詞
不明 作曲

〈例歌一〉

たんす長持　どの子がほしい
　あの子がほしい
あの子じゃわからん
　この子がほしい
この子じゃわからん
◯◯ちゃんがほしい
なぁんで行こに

ちょうちょでおいで
勝ってうれしい　花いちもんめ
負けてくやしい　花いちもんめ
（尾原昭夫編著『日本のわらべうた　戸外遊戯歌編』。主として中部地方以西に分布）

〈例歌二〉
ふるさともとめて　花いちもんめ
ふるさともとめて　花いちもんめ
もんめ　もんめ　花いちもんめ
もんめ　もんめ　花いちもんめ
〇〇ちゃんもとめて　花いちもんめ
××ちゃんもとめて　花いちもんめ
勝ってうれしき　花いちもんめ
負けてくやしき　花いちもんめ
（高橋美智子著『京都のわらべ歌』日本わらべ歌全集15）

たんす長持〔二〕
〈物まね型〉
（徳島）徳島市
（一組 交互唱 二組）
たんすながもち
どのこがほしい
あのこがほしい
あのこじゃわからん
このこがほしい
このこじゃわからん
○○ちゃんがほしい
なんでいこに ちょうちょで
おいで かってうれしい
はないちもんめ まけて
くやしい はないちもんめ

花いちもんめ

はないちもんめ（『日本のわらべうた戸外遊戯編』より）

源流の遊びからさまざまな歌い方へ

「花いちもんめ」の遊びは江戸時代後期より伝わる子買い遊び（子取り遊び、子貰い遊び）に由来し、基本的には子を買う（取る、貰う）側と子を取られまい、渡すまいとする側との問答形式になっている。その上に、手をつないで二組に分かれて向かい合った列が互いに歌いながら前進、後退を繰り返して、応酬する。このように身体の動き・リズムと歌による掛け合いとを組み合わせ、わらべうたの型としてぴったりである。

この歌は一般的に「花いちもんめ」と総称されるが、この句そのものは江戸から大正時代までには文献に出て来ず、昭和の初期から京都で発生したものが全国に普及していったといわれている。

現在、歌にいろいろな型があり、歌い出しの歌詞を分類すると、次の通りである。

・勝ってうれしい…負けてくやしい
・たんす長持　どの子がほしい　あの子がほしい
・ふるさともとめて（ふるさとまとめて）

この三つの型をよく見ると、次の点に共通点がある。

・勝ち負けによって子を取ろうとする。
・「たんす長持」に変化することから、嫁入り（嫁取り、嫁貰い）になぞらえた子取り遊びではないか、と推察される。
・これらが京都で「ふるさともとめて」と歌い始め、美しく整えられた。

このことから「はないちもんめ」という言葉の意味、また、「はな」を「花」と解釈する流れがイメージとして自然に定まったのではないか。これは言葉の問題として定めることができそうである。

以上の主旨を踏まえて、本書ではまず一番古い原型の「子買お　子買お」から始め、次に「はないちもんめ」の言語的意味を考証する。そうして、中心的な詞句の「勝ってうれしい　負けてくやしい」「たんす長持」を経て、「ふるさともとめて」に至る変化を取り上げて、それぞれの意味を考える。さらに、その美しい言葉が現在、象徴的な意味合いを漂わせて親しまれ、また、「花」から類推して別の分野に拡大して、生きてゆく意義を導いていくという、言語文化の面に発展することに触れる。

「花いちもんめ」とは何を意味するか

子買お　子買お

『近世童謡童遊集』(『日本わらべ歌全集27』)によれば、文化・文政ごろ(十九世紀初め)の『諸国風俗問状答書』に、陸奥国白川領の回答で、「子売ふ〳〵子買ふ〳〵、子に何しん(進)じょ…そふなら、やろふ、どの子にしよ」とあり、子買いの遊びがあったことが分かる。また、同書の淡路国では、「某と云ふ子が欲しい」と言うと、その子が列を出て「銭くれ、銀子くれ〳〵」と言って向う側へ移り、これを繰り返していく遊びが記されている。備後国福山領にも「子を買ふて何くはす」とある。また、天保八年(一八三七)以来の風俗の記録で、嘉永六年(一八五三)ごろに成立した『守貞漫稿』には、京坂では「子を買ふ、こかを(子買)」「どの子がほしい」云々、江戸では「こをかふ、こかを」「どのこが見つけ」云々とある。この遊びは明治に入っても引き継がれ、『日本全国児童遊戯法』(明34)を見ても、伊勢、遠江、甲斐、美濃、上野、紀伊の各地方のものが報告、収録されている。

ここでまず注意しておくことは、子を買う(まれに、子を売る)ということと金銭を与えることが出てくることである。これは人買い（子買い）、あるいは嫁入り（婿入り）の反映であろうし、また、身売りや結納金の名残が庶民の歌の中に残ったのであろうか。「花いちもんめ」を考察する前提として、このことを知っておくと、正確な理解の一助になろう。なお、京都の郡部に伝わる子買い遊びの歌として、「花いちもんめ」より古いとされているのが、『京都のわらべ歌』（『日本わらべ歌全集15』）に収録されている「子買お子買お」（京田辺市飯岡。類歌に宇治市）と「大川小川」（京丹後市網野町木津）である。前者は「子買お子買お」「子になに食わす」…「どの子がほしや」「○○ちゃんがほしや」「○○ちゃんもろて　どうする」、後者は「大川小川　なんちゅ子がほしい」「○○さんがほしい」「なんぼで買やる」「砂糖餅三つ」、というように、ほかの地域と同じような型をなしている。後者は金銭の代わりに、物々交換のような品物が出てくるところがおもしろい。

花いちもんめ

以上のように江戸後期から伝えられてきた子買い（子貰い）の歌と遊びが、昭和時代に京都で「花いちもんめ」という美しい語句によって整理され、まとめられた。子を買うという露骨で直接的な言葉ではなく、「○○ちゃんもとめて」というふうに柔らかく言い直され、全体的にきれいに整いすぎている印象を与える。子供の中で自然に発生したというより、大人が現代に合うように創作したのではないかと思われるほどである。

さて、「花いちもんめ」の語句そのものは何度も繰り返され、この歌の印象を形成している。耳で「はないちもんめ」と聞いていると「はないち」と切って、どういう意味かはっきりせず、「はな」に「花」を連想している程度であろう。これは意味のある言葉であろうか、無意味な言葉であろうか。この語が分かりにくいのは実はリズムの切り方による。何度も述べているように、国語の基本的なリズムは二拍であり、それが二つ重なった四拍、つまり「二拍+二拍=四拍」の四拍子が最も安定している。平板に、単調に等拍の音を二拍ずつ重ねていく。このことをこの語句で示せれば「はな―いち―もん―め○」となる（最後の○は休符を示す）。ただこれはリズムの切れ目であり、意味の切れ目ではない。国語は意味に関係なしに、言いやすく二拍と二拍に切っていくのである。学生用語で朝一時間目の授業を「あさ―いち」と言うが、「はな―いち」とは何であろうか。これは発音してリズムに関わることなので、意味に戻して考えると「はな―いちもんめ」ということになろう。ちなみに、「はな―いち―もん―め○」はそれぞれの部分が「a、i、o、e」の母音によって配置され、よりリズム良く滑らかに歌われることになっている。

では「いちもんめ」とは何か。まず、「匁」として重さの単位、あるいは、「文目」としてお金の単位の両方が考えられ、前者では「花が少しばかり」「はなをちょっと」ということになろう。しかし、前代の「子買お子買お」のわらべうたから、これはやはり金銭の単位として捉えるべきである。ただ、「一文目」が当時どのくらいの値打ちのお金であったか現実的に詮索する必要はない。ともかく「花」が「一文目」のお代であるというのである。実際は「一文商ひ」「一文惜しみ」「一文無し」と言われるように、ごく少額であっても、子供の感覚では貴重で高いものであろう。

次に「花」とは何か。前代の子買いのことを考えると、花代、即ち、芸者などの揚代、玉代、祝儀のことであろう。一般的にわらべうたには「もんめ」を使うことが多い。有名なのは「一もんめの一助さん」で、「一もんめの一助さん　一の字がきらいで　一万一千百石　一斗一斗一斗まの　お倉に納めて　二もんめに渡した…二もんめの二助さん…」と、二、三…十を同じように繰り返していく。「かごかご十六文」「この橋なん匁　十三匁五分」「舟賃なんぼ　二匁五分」（いずれも『京都のわらべ歌』より）などは「花いちもんめ」と内容的に関係ありそうなもので、どれも代金や賃金など金銭の単位として使っている。もっとはっきりしたものは、京大坂の「淀の川瀬の…それがいやなら一文で飴しよ…二文で女郎、じやうろはだれじゃ、茜屋のお仙」（『守貞漫稿』）や、江戸の尻取文句「…

坊やは可い子だねんねしな、品川女郎衆は十匁、十匁の鉄砲玉…」（『日本全国児童遊戯法』）というように、女郎の花代として「匁」が使われている。従って、「花いちもんめ」は歌うとアクセントも変わるが、意味は「花一文目（匁）」であり、子をもとめる（買う）代わりとしての銭の意識でもともと表現したことが分かってくる。

勝ってうれしい（負けてくやしい）

京都ではもともと「うれしき（くやしき）」と文語の形で歌っていた。これは古風な言い方の名残りであり、また京都独特の典雅な表現である。これは例えば、「かんかん坊主かんかん坊主　うしろの正面　どなた」（坊さん坊さん）の「どなた」、「その油どうした犬がねぶって候」の「候」のような使い方にも表れている。また、一匁の少しばかりの花をじゃんけんによって勝ち負けを決め、子供どうしで物をあげたり、もらったりすることが好きなので、花をあげる、花をもらうという動作に取った場合、花の心象から、ふるさとの花、ふるさとに咲く野の花と感覚を広げ、花をふるさとまで求めていくという擬態に取ってもいいだろう。

この「勝ってうれしい（負けてくやしい）」は二組の言葉の掛け合いとして対照的にうまくまとまっている。一般的にわらべうたは二つの組に分かれての問答が多く、その問い掛けと答えを互いに唱和することによって進んでいく。「ふるさともとめて　花いちもんめ」「もんめ　もんめ　花いちもんめ」「○○ちゃんもとめて　花いちもんめ」の繰り返しのあとに、この表現がくる。先にも述べたように、構成的に整い過ぎて、いかにも作った匂いがしてくるのはこういう点による。子供の間で発生し、広がってきた歌であれば、もう少し荒削りの不整合な点もあってよいのである。なお、秋田では「向いの誰かさん一寸（ちょっと）おいで」を問答で言い合う。これは「やや崩れた詩型」（町田嘉章・浅野建二『わらべうた』）であるが、あっさりした子供らしさがよく表れている。

たんす長持

この歌の類歌として「たんす長持　どの子（どなた）がほしい」で始まるものもあり、現在も行われている。これは子買い遊びとしての「花いちもんめ」を考察する時の参考になる。「たんす長持」は子供にとってどういう意味を持つだろうか。このわらべうたの歌詞は例えば三重県海山（みやま）町（現、紀北町）で次の通りに伝承されている（『海山町史』）。

たんすながもち　どの子がほしい／あの子がほしい／名前はだれだ／○○ちゃんと申す／何乗って行くの／駕籠（かご）に乗っておいで／じゃんけんぽん

この「駕籠に乗って」が地域によっては「お馬に乗って」「お嫁さんなって」などと変

わっていく。ここから考えると、「たんす長持」は嫁入り道具であり、古くから雛祭りで親しまれてきたものでもある。この歌は嫁入りの遊びをしているということになる。擬似体験といわれるままごと、ごっこ遊びと同じように、嫁入りの擬態を通して、子買い遊びをしているのである。「花いちもんめ」の中にある子買いの要素が嫁入りに特定されて、この歌ができたのであろう。

「ふるさともとめて」とは何を言いたいか

ふるさともとめて

京都では歌い出しが「ふるさともとめて」であり、ほかの地域では歌の途中でこの語句が入るところがある。なぜこの歌に「ふるさと」が出てくるのであろうか。それは、ほしい子供のふるさとを求めて、つまり捜してということになろうか。一時代前には夕方になると子供をさらっていく人さらい、子取りが出てくるとしばしば言われたものである。悪いことをすれば、人さらいにやると言って叱られることもあった。あるいは昔は子供の数が多かったので、口べらしのために子供を子守りや丁稚に出すとか、人買いといって子供を労働力の足しにする身売りもあった。このような子供の不安な生活、恐ろしい心境がこの歌の背景をなしているのか。あるいは「ふるさと（に子を）もとめて」、つまりふるさとまで行って子を求めにいく、あるいは売られた子供にとってはふるさとが恋しいという逆の立場からの発想、といったことから、この語句ができたのであろうか。嫁入りであれば、嫁のふるさとまで行く、求めて捜すということになる。

この「もとめて」が「まとめて」と変形している例もあるが、これは「もとめて」が無意味に「まとめて」と転じただけのことであろう。「花いちもんめ」の「もんめ」のリズムから言うと、同じ音の「もとめて」の方が調子がよい。なぜなら、「ふるさともとめて」は間にo母音が続いて同じ韻が響くが、「ふるさとまとめて」であれば、o母音に挟まれて、広母音のa母音があり、歌いにくくなるからである。また、この「まとめて」を一説に、捨てると取る向きもあるが（『日本昔ばなし――謎と暗号』）、考え過ぎであろう。ふるさとをたたむ、処分して出ていく、つまり女郎として売られていく悲哀を歌ったというのだが、新しく発生したわらべうたにそこまでの前時代的な苦痛が込められるものだろうか。なお、求めるには金を出して買うという意味もある。つまり、ふるさとを花一文目で買うという擬態になるが、これもそう考えれば考えられるという程度で、ここは素直に前述のように解釈するのがよい。さらに、嫁入り遊びをする子供の立場から考えると、結婚して新しいところに住む地が第二のふるさとになり、その新しいふるさとを求めて結婚したいとも解せる。結婚に対して子供がほのかな神秘感と好奇心を寄せ、そこから「花」という華やかな感情を引き出したと解釈するのである。ただし、この考えも少し読み過ぎと言えるかもしれない。

「花いちもんめ」の句の文学的・象徴的意味

「花いちもんめ」という詩句そのものが、この歌が普及するにつれて、わらべうたらしさを醸し出す名文句として成句のように現代に至るまで愛好されている。いくつかの例を挙げながら、その根源にある発想と意識を探ろう。

まず、東海林良作詞、葵三音子唄の「花いちもんめ」（昭49）は冒頭の台詞に「花とは幸せ薄い女のことです。いちもんめはお金です。これは貧しき故に、とある花街に売られていったお千代の哀れな話です」と語る。そして、各連の終わりに「十五で散った」「どんどん縮緬（ちりめん）」「二度と泣くまい」に続けて「花いちもんめ」と歌う。「花」を女性と解釈し直し、全体として悲運の一生を綴る。次に、三浦哲郎の短編小説「花いちもんめ」（同57）は少女の小夜子との幻想的な交流を描き、郷愁と子守り唄のイメージにより悲哀の情を奏でている。この句にはどうしても暗さが伴うが、一方、神津カンナの『会えてうれしい花いちもんめ』（同57）は書名の通り花やかで喜ばしいものである。これは青春時代の友との対談を記録したもので、この句がほのぼのとして楽しく語り合い、懐かしく温かい心の通い合いを感じさせる切り札の言葉として蘇っている。また、里村龍一作詞、細川たかし唄の「望郷じょんがら」（同60）は民謡の「津軽じょんがら」を下敷きにして、「ふる里恋しや　花いちもんめ」を繰り返し、「逢いたいよ　逢いたいね　津軽は夢ん中」、「帰ろかな　帰りたい　ふる里夢ん中」と、「遠い昔」を思い出し、「望郷」の念を駆き立てている。わらべうたの含み持つ懐旧、郷愁の情念を示している。

次に、千秋実監督による東映映画「花いちもんめ」（同60）は句がそのまま映画の題名になった。これは、当時の言葉で言えば、老人性痴呆症を取り扱ったものと実際に説明され、監督の言葉によると、武者小路実篤の歌「運命の許す限りで美しい花を咲かせば我は満足」の心境をねらったものだと言われている。人生の老年の最後に美しい花を咲かせることには子供時代に帰ることであろうか。今で言う老人性認知症はある意味では童に戻ることでもある。それをわらべうた「花いちもんめ」に托して重ね合わせ、幸福な、また恍惚の状態の意味を暗示したものである。また、俵万智の短歌「万智ちゃんがほしいと言われ心だけついていきたい花いちもんめ」(『サラダ記念日』、同62)は男から誘われても自分の主体性を保ちつつ、相手に柔らかく対応していく女の強さを示している。「花いちもんめ」によって穏やかな心が漂い、二人の交流は続きそうである。また、日本電気(NEC)の広告「あなたの春に花いちもんめ」(京都新聞、平1・4・9)は新入社員に対して電気製品を勧める広告で、花束を持った少女の写真が付いていた。新しい人生の舞台に立って、快適で幸せな生活をイメージしたもので、見る者の心にまで和やかな感情が湧いてくる。七音を重ねるこの句はリズムも快く晴れやかな気分を振りまく好文句でもある。

しかし、やはりこの言葉は哀愁、悲嘆に傾いていく。悠木圭子作詞、田川寿美唄の「風岬」(平8)は、男と別れた女が「ひとりぼっちで　膝を抱き/海に降る雪見ています」に続けて、「花いちもんめ　どの子が欲しい/私を選んでくれた人…今の私は　あなたが欲しい」と、「哀しすぎる」失恋の情を歌う。「花いちもんめ」を心の中で反芻(はんすう)しながら、「遠い昔」を偲(しの)んでいる。

ところが、この句はさらに広く使われ、「花」の部分がほかの語に置き換えて造語され、温かい心の交流と強い心の意志を表すようになった。『ビックコミック』に連載された漫画「味いちもんめ」が単行本になった後、テレビドラマ化された（平7）。これは古いしきたりを持つ都会の料亭が舞台で、若者が「さまざまな人々と接しながら、人の心のあたたかさを知り、その人生と技を磨き上げていく人情ドラマ」である（『ABCテレビニュース三』）。板前が料理の道に一筋に賭けていこうとする純粋な熱意を描いたもので、この句は少年のような一途な純情さと人情の温かさを引き立てている。また、宇江佐真理の小説『恋いちもんめ』（同18）は、江戸を舞台に水茶屋の娘と青物屋の息子との一途な純愛を描いたもので、『味いちもんめ』と同じく、わらべうたの純情な雰囲気によって包まれている。さらに、これらの「いちもんめ」は「いち」によって「一意、一心、一念、一所懸命」の「一」の語感が印象づけられ、ひたむきなイメージを含ませたのである。

このように、「花いちもんめ」の句は、従来、歌そのものの発祥に関わるほの暗さがあったけれども、その元の意味を超えて、ふるさとを思い、昔を懐かしみ、また、子供の心に戻るようなほの温かい清純な情を静かに漂わせる。さらにそれ以上に、仕事の道や恋の路にまっしぐらに進んでいこうとする純真な心意気を含み持つまでに深化した。「かごめかごめ」や「通りゃんせ」の詩句と同じように、不思議な魅力や呪術的な魔力を含み、子供時代の原風景を象徴する意味を持つ、詩的、文学的な成句に昇華されるに至ったのである。

あとがき

九編の童謡・わらべうたを歌詞の言葉を中心に解釈、読解し終えて振り返ると、あまりにも語句や表現の細部まで追究し過ぎたのではないか、かえって理解を難しくしたのではないかという反省に駆られる。本来、歌は楽しく明るく歌うものなのである。

しかし、歌は初めに述べた通り、詩であり、韻文たる文学作品である。子供の歌だからと言って、簡単で単純なものではない。その歌の表現や言語の意味を十分に理解してこそより感情を込めて歌うことができるのである。本書は古典文学に準じるほど精密、詳細に解釈と注解を施した。この種の書物はそれほど見当たらず、数少ない書ではないかと自負している。

ここで取り上げた作品は長年歌われてきた歌の数から言えばほんのわずかである。そこで、あとがきの場を借りて、いくつかの歌について解明する手懸かりを質問形式で掲げておく。解いていただければ幸いで、この問題を解く考え方やその意欲と喜びを見い出してほしいと願う。

「七里ヶ浜の哀歌」（三角錫子（みすみすずこ）作詞、明43）歌い出し「真白き富士のね|　緑の江の島」

——この「ね」は「根」か「嶺」か。

①「根」と「嶺」は本来、ナ（大地の意、ニは土の意、ナヰは地震の意）の母音交代による同語源の語。②浜辺から江の島を眺めると、富士山の麓、つまり、ネが下の方に位置する。③ミネのミは美称。ミネは山の頂上、いただきの意。富士の嶺とすると、江の島と対等に並列され、全景を示す。④中心である江の島の遠い背景として富士山が聳える広大な風景を描くより、視線と心の思いは山から海への一点に降りていくことから、「根」が適切であろう（しかし、現代は「嶺」の表記が多く見られる）。

「うれしいひなまつり」（サトウ・ハチロー作詞、昭10）

第二連「お嫁にいらした姉様（ねえさま）に　よくにた官女の白い顔」

——「姉様」は実姉か義姉か。つまり、「いらした」は「行かれた」か「来られた」か。

①イラスのイラは動詞イル（入）の未然形。イラッシャルはもとの形が入（い）ラセラルで「行く」「来る」の両方の意味がある。「どちらへいらっしゃいますか」は行く、「遠くからいらっしゃる」は来るの意。②「お嫁に行く」は普通に使うが、「お嫁に来る」は一般的ではなく、現代的な用法。③この歌は幼い妹の立場で歌っている。「官女の白い顔」を見て、妹が嫁に行って今、家にいない姉を思い出しているのか、兄の嫁として家に来た義姉

のことを思っているのか。実姉の方が妹の心にかなっている。

「**蛍の光**」（『小学唱歌集　初編』、明14）

――古語辞典を中心にして語義・修辞法を調べる。

第一連①「蛍の光、窓の雪」の故事、意味。②「いつしか年もすぎ」、「すぎのとを　あけてぞ」から思いつく「すぎ」の二つの意味（掛詞）。では、「すぎのと」は何か。

第二連①「とまる」と「ゆく」の次に体言（名詞）があるはず。②「かたみに」の意味（「形身」ではおかしい）。③「ちよろずのこころのはし」の「はし」に二つの意味がある。その一つは「ちよろず」に対応し、「ちよろずの心」に対して「心のはし」とは何か。もう一つは心と心を結ぶ「はし」とは何か。④「ひとこと」は「一言」。⑤それならば、「さきく」（副詞）の意味は何か。

「**あおげば尊し**」（『小学唱歌集　第三編』、明17）

――古語辞典とともに古典文法からも考える。

第一連①「教の庭（おしえ）」とは何か。②「いと」「とし」の意味。③「やよ」は難解。基本的には卒業生への呼び掛けの感動詞。ただ、口語的で話し言葉に近く、式に合わない。訳としては「さあ、しっかりと」と、戒めの感情をも伝えればいい。④「いまこそ　わかれめ」の「わかれめ」とは何か（「別れ目」ではない）。「こそ」は係助詞で、その係り結びの、助動詞「む」の活用形とその意味は何か。

機縁あって本書を手にとって読んでいただいた方は、これをきっかけに童謡、わらべうた、また唱歌に対して、その作品を改めて詩・文学として見直し、言葉・表現に着目して自ら考えて、調べていただきたい。こうして言葉の世界、歌の世界に入り、心の窓が開かれていく。日本語の美しさと豊かさを感じ取り、歌にこもるこころを体得されることを望んでいる。

令和二年六月三十日

若井勲夫

【著者紹介】

若井勲夫（わかい・いさお）

京都大学文学部卒、京都大学大学院修士課程修了。
京都産業大学名誉教授。専門は国語学・国文学。
主著に『教科書をどうすべきか　国語科編（教育刷新への提言シリーズ 第2巻)』（日本工業新聞社、1982年)、『京都府の方言』（共著、京都府教育委員会、1987年)、『国語論考―語構成的意味論と発想論的解釈文法』（和泉書院、2016年)、『唱歌・童歌・寮歌―近代日本の国語研究』（勉誠出版、2017年)、『和気清麻呂にみる誠忠のこころ―古代より平成に至る景仰史』（ミネルヴァ書房、2017年）など。

童謡・わらべうたの言葉とこころ

2020年7月15日　初版発行

著　者　若井勲夫
発行者　池嶋洋次
発行所　勉誠出版 株式会社
〒101-0051　東京都千代田区神田神保町 3-10-2
TEL：(03)5215-9021(代)　FAX：(03)5215-9025
〈出版詳細情報〉http://bensei.jp

印刷・製本　中央精版印刷
ISBN 978-4-585-28051-4　C0081

唱歌・童歌・寮歌
――近代日本の国語研究

唱歌、童歌（童謡・わらべうた）や寮歌を中心にし、時に応じて一般の歌謡も含めて、国語学国文学研究の立場から言語と言語表現の諸相を究めた。

若井勲夫 著・本体一〇〇〇〇円（＋税）

詩的言語と絵画
――ことばはイメージを表現できるか

日本語学の第一人者が、一九一〇年代に活躍した作家の作品・言説を取り上げ、絵画作品をとりまく言語表現をてがかりに、絵とことばとのかかわりを考える。

今野真二 著・本体二八〇〇円（＋税）

「ウサギとカメ」の読書文化史
――イソップ寓話の受容と「競争」

明治時代に日本に輸入された「ウサギとカメ」はどのように受容され、どのような「教訓」が付されていったのか。『イソップ寓話集』の享受の様相をたどる。

府川源一郎 著・本体二四〇〇円（＋税）